从黑白到彩色

摄影感光测定及数字影像基本原理

林铜 编著

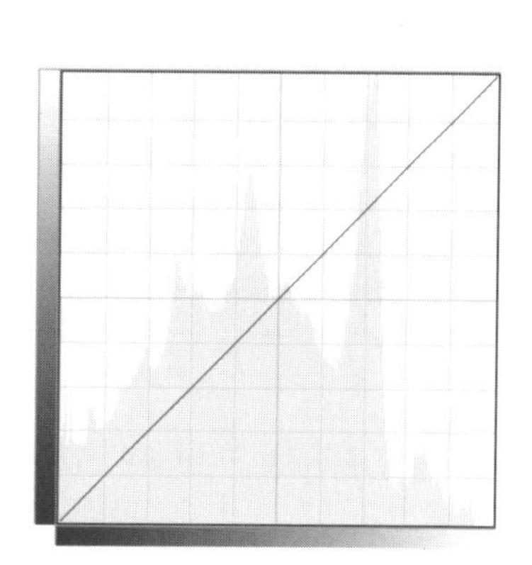

北京大学出版社
PEKING UNIVERSITY PRESS

图书在版编目（CIP）数据

从黑白到彩色：摄影感光测定及数字影像基本原理／林铜编著 .—北京：北京大学出版社，2010.4

（博雅大学堂 · 艺术）

ISBN 978-7-301-16412-9

Ⅰ.从··· Ⅱ.林··· Ⅲ.摄影技术 Ⅳ.J41

中国版本图书馆 CIP 数据核字（2009）第 222698 号

书　　名：从黑白到彩色——摄影感光测定及数字影像基本原理

著作责任者：林铜 编著

责 任 编 辑：谭燕

封 面 设 计：奇文云海

内 文 设 计：林铜 · lintongvip@163.com

标 准 书 号：ISBN 978-7-301-16412-9 / J · 0286

出 版 发 行：北京大学出版社

地　　址：北京海淀区成府路 205 号　100871

网　　址：http://www.pup.cn　**电子邮箱**：pkuwsz@yahoo.com.cn

电　　话：邮购部 62752015　发行部 62750672　出版部 62754962

编辑部 62752025

印 刷 者：北京宏伟双华印刷有限公司

经 销 者：新华书店

650mm×980mm　16 开本　9.25 印张　140 千字

2010 年 4 月第一版　2010 年 4 月第一次印刷

定　　价：35.00 元

从黑白到彩色

摄影感光测定及数字影像基本原理

目录

引言　从黑白到彩色——摄影感光测定及数字影像基本原理

阅读本教材之前，应该已经完成摄影的基础实践，部分了解传统影像系统拍摄、冲洗及手工暗房放大的相关技术，并对数字影像基础信息有所接触。

摄影课程的分类方法很多，从课程属性可以分为艺术摄影和商业应用类摄影；以拍摄题材为界定标准可分为建筑摄影、人像摄影及静物摄影等；以课程中主要应用的感光材料或记录载体为依据，可分为传统影像系统和数字影像系统。当然还有其他的分类方法。其实这些知识点是互相渗透、无法割裂的。

将本书的关键词定为“黑白”和“彩色”，只是寻找一种前后关联的分析线索，将摄影的重要信息组织起来，涉及的知识点将从传统黑白影像系统一直延伸至数字影像系统。

无论从哪个角度介入摄影领域，最终都会逐渐步入摄影的核心。

传统影像系统一直是摄影本科教学的重要专业基础课程。黑白影像系统经历两个多世纪的发展，其系统已很完善，且支脉众多。数字影像系统近年来呈现爆发式发展和普及的态势，拍摄、存储、编辑及打印系统渐趋完善和细化，也越来越多地应用在教学中。

将从传统至数字摄影的庞杂知识简单地灌输给学生是无益的。本教材的重点是，传统影像系统强调以实用感光测定的控制及拓展为主要线索，将相关知识点贯穿起来，实现理论和实践紧密结合的开放式课程结构；数字影像系统则结合已有的传统彩色理论，强调色彩管理等知识，从专业的角度掌控数字影像解决方案。有了充分的知识储备后，在每章的综合应用实拍课程里，学生就能更好地以艺术创意和应用实践为主导理念拍摄摄影作品。

串联起本教材前后章节的重要线索是“控制”方法，即培养学生在摄影学习中发现问题和解决问题的能力。将所有的课程内容都运用自如之后，就能更理解方法的重要性。

希望大家通过科学系统的渐进式学习，实现对所学知识的融会贯通。

第一章　黑白影像系统

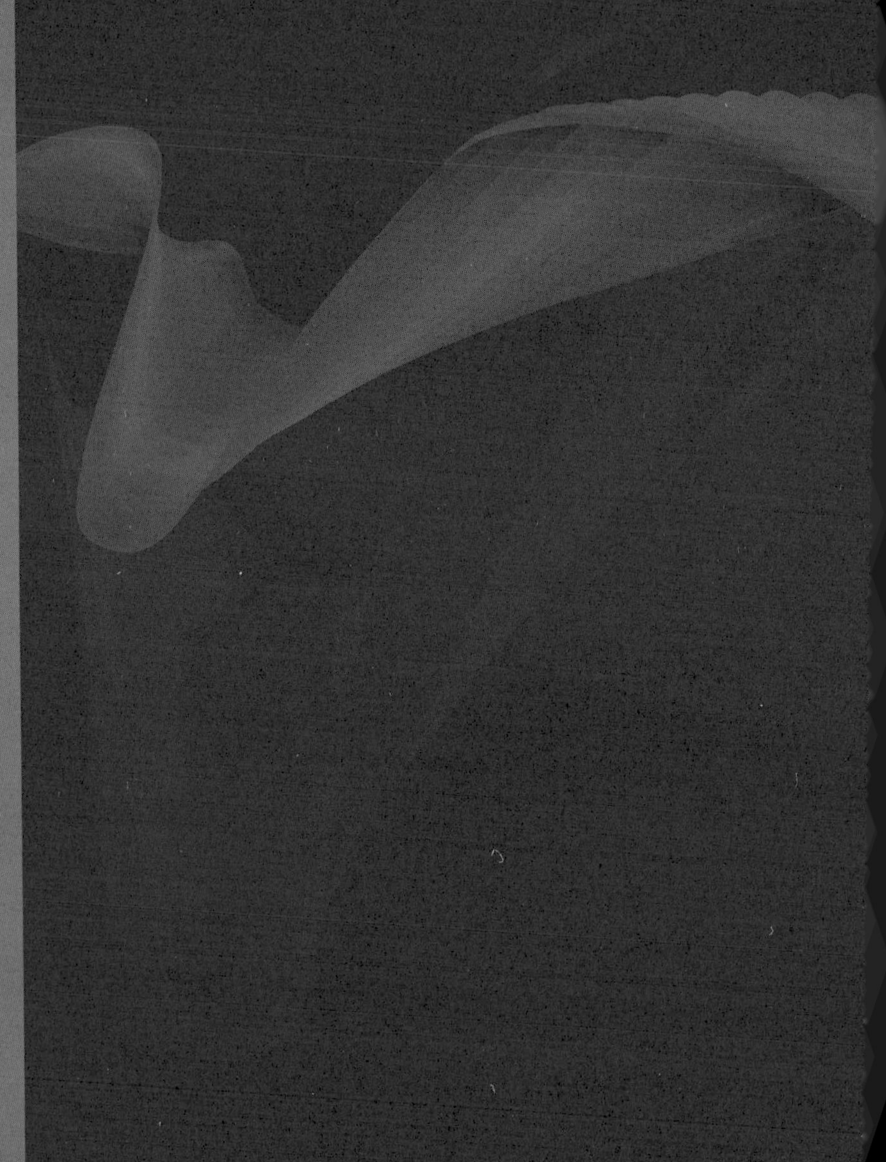

经由对感光测定及摄影系统的分析，达到对摄影过程的控制，初步掌握拍摄有质量的艺术图片的方法。

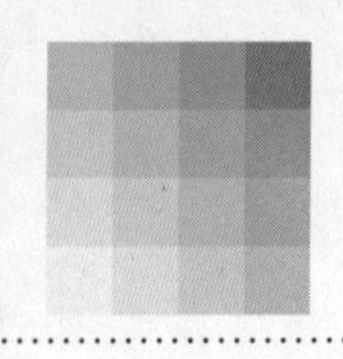

课程目的

作为摄影基础中的基础，黑白影像系统始终有着举足轻重的地位。通过严格科学的实用感光测定理论的学习和实践，学生便能充分体会系统化学习方法的重要性。在黑白影调再现的课题中，我们将以大量的实践拍摄为指导，通过细致的暗房制作，使学生展现出每个人的艺术表现能力。

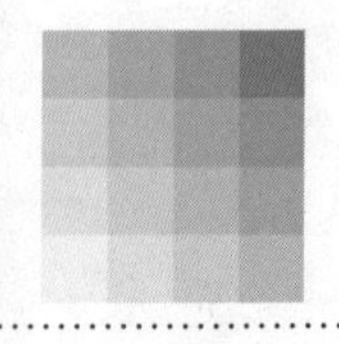

上课地点

公共教室，影棚，室外，暗房。

应用设备

中画幅相机系统，黑白负片，黑白可变反差光面相纸，化学冲洗药水，影室灯系统，三角架，测光表，灰板，密度仪等。

黑白影像系统内容结构

○黑白摄影的核心知识——感光测定的理论基础。

这是关键的解惑阶段，由浅入深，循序渐进，将与摄影相关的繁杂数字、图表等信息逐一分析透彻。

○黑白负片及相纸的专业冲洗系统——D76/D72。

重新认识黑白影像系统的专业冲洗印放方法，体会冲印过程中"控制"的重要性。

○黑白负片感光测定的专业应用——负片实用感光度的测定。

这是在理论知识指导下的摄影实践。通过严格科学的量化方法，为每个人常用的黑白感光材料找到实用的使用依据，包括关键设备——密度仪的掌握。

○黑白影像系统实际应用——实用区域曝光及黑白影调再现。

将可见的光线进行分级，以此衡量目力所及的所有物体，为拍摄胸有成竹的画面做出准确的预想，并熟练使用量化光线的关键设备——测光表。

○影室灯的技术分析——光源及灯具附件。

像画家运用画笔一样，将光的使用方法尽量加以挖掘。

○黑白影像创作——创意人像 / 创意风景。

综合已经掌握的技术手段，以黑白感光材料为媒材完成艺术创作。

第一节 感光测定

我们通常将照相材料对光的感应（即感光度）的客观研究称为感光测定，涉及测量照相材料所接受的曝光量和得到的黑化程度。

即使对感光测定一无所知，也完全能制作照片，然而要在任何情况下（不但在正常情况下，而且在异常情况下）获得照相材料的最佳性能，对控制照相材料感应的各种原理有所了解是非常重要的。所以，任何想以专业方法利用摄影技术的人，至少要对感光测定有个大致的了解。

人们对照片的主观印象不但有赖于物理因素，还取决于生理因素和心理因素。由于这个缘故，一张照片成功与否不能由一种测量数据来决定，有时甚至也不能由一组测量数据决定。然而这并不是说这些经得起客观测量检验的物理因素对我们毫无用处，而只是说我们不能忘记感光测定给我们的帮助是有一定限度的。

感光测定涉及照相材料性能的测定，这又必然涉及测试术语的正确使用，下面从相关术语开始讲起。

一、光能的输入和输出关系

（一）被摄景物

对相机来说，被摄景物是由许多亮度和颜色不同的区域组成的。照片同样也是由亮度（有时还有彩色）不同的各个小区域组成的。

被摄景物中亮度的不同是由于它不同区域表现的反射性不同、观察它们的角度不同和接受的照度不同。被摄景物中最大亮度与最小亮度之比称为被摄景物的亮度范围。

感光测定的最终任务是把被摄景物的亮度和照片的亮度联系

起来，这就需要首先研究负性材料的感应，再研究正性材料的感应，最后研究两者之间的关系。胶片上所产生的效果，在一定限度内，与照度 I 和曝光时间 t 的乘积成正比。用方程式表示：

$E=It$

方程式中，E 是曝光量。

另外，也可用 H 表示曝光量，E 表示照度（勒克斯），则曝光量可用下式表示：$H=Et$。

由于被摄景物各个区域的亮度不同，胶片上的照度也会存在变化，整个胶片表面不是只接受一种曝光量，而是无数种不同的光能量，也就是一系列不同的曝光量。在普通摄影中，胶片各部位的曝光时间都是一样的，胶片上曝光量的变化源于它所接受的照度的变化。照度用勒克斯来度量（流明／平方米），时间用秒来度量，所以曝光量用勒克斯·秒来度量。

（二）影像的黑度

胶片冲洗加工后，接受到不同照度值的各个影像区域看上去黑化程度不同。底片的黑度就是底片的阻光能力，可以用几种不同的方法以数值来表示，在摄影学中重要的有下面三种：

1．透射率

底片上某部位的透射率 T 是透射光 It 和入射到底片上的光 Ii 之比。用数学方程式表示为：

$T=It/Ii$

透射率 T 总是小于 1，通常用百分比表示。如果有 10 个单位的光投射到底片上，透过 5 个单位，就意味着该底片的透射率为 5/10，即 0.5 或 50%。虽然在某些领域中透射率是很有用的概念，但在感光测定中它并不是最能说明问题的度量单位，因为黑度增加时，透射率会减小，透射率的等量变化并不表现为黑度的等量变化。

2．阻光率

阻光率 O 为入射到底片上的光 Ii 与透射光 It 之比，即：

$O=Ii/It$

阻光率显然是透射率的倒数，即：

$O=1/T$

阻光率 O 总是大于1，随黑度的增加而增加。从这个观点来看，阻光率比透射率更合适用作感光测定的度量单位，但仍难以简明地反映出黑度的等量变化。

3．密度

密度 D 为阻光率的对数，即：

$D=\log O=\log 1/T=\log Ii/It$

谈到感光测定，人们几乎只用密度作为黑度的度量单位。在实际应用中，它不仅和阻光率一样具有随黑度增加的特性，且有以下几方面的优越性：

(1) 密度数值与存在的银量之间有简单的比例关系。例如，密度为 1.0 的底片上存在的银量加倍后，密度就增加到 2.0，也就是说，密度增加了一倍，而阻光率则会从 10 增加到 100，即增加了 10 倍。

(2) 感光测定的最终目的是在照片与被摄景物之间建立起一种对应关系。照片上的黑度有赖于人眼去评定，所以它基本上是属于生理反映。在范围很广的观察条件下，人眼的感应大致是对数式的。如果我们察看相纸上一些密度递增的区段，会感到这些区段的黑度是等量增加的。所以，从这个观点来看，对数单位是计量黑度的最令人满意的单位。

当我们需要把透明片基上的影像密度和不透明片基上的影像密度加以区别时，可把前者称为透射密度，把后者称为反射密度。

下表中列出了密度、阻光率和透射率之间的变换关系。

密度	阻光率	透射率（百分数）
0.0	1	100
0.1	1.3	79
0.2	1.6	63
0.3	2	50
0.4	2.5	40
0.5	3.2	32
0.6	4	25
0.7	5	20
0.8	6.3	16
0.9	8	12.5
1.0	10	10
1.1	13	7.9
1.2	16	6.3
1.3	20	5
1.4	25	4
1.5	32	3.2
1.6	40	2.5
1.7	50	2
1.8	63	1.6
1.9	79	1.25
2.0	100	1
2.1	126	0.8
2.2	158	0.6
2.3	200	0.5
2.4	251	0.4
2.5	316	0.3
2.6	398	0.25
2.7	501	0.2
2.8	631	0.16
2.9	794	0.12
3.0	1000	0.1
4.0	10000	0.01

二、特性曲线

（一）底片特性曲线

以密度为纵坐标、曝光量为横坐标作图，我们就可得出底片的一般响应曲线，如图 1–1 所示。虽然这种曲线有时很有用，但在大多数场合用密度对照曝光量对数标绘的曲线（如图 1–2 所示）要有用得多。后者是普通摄影学中应用的响应曲线，称为特性曲线、D logE 曲线或 H–D 曲线（最后一个名称是以最先发表这种曲线的赫特和德利费尔德两人的姓命名的），表示从曝光不足到曝光过度的不同程度曝光量（在任何一定的显影时间和用任何特定显影液加工的条件下）在乳剂上产生的效果。

用 logE 代替 E 作为照相材料响应曲线横坐标的单位，有以下几个优点：

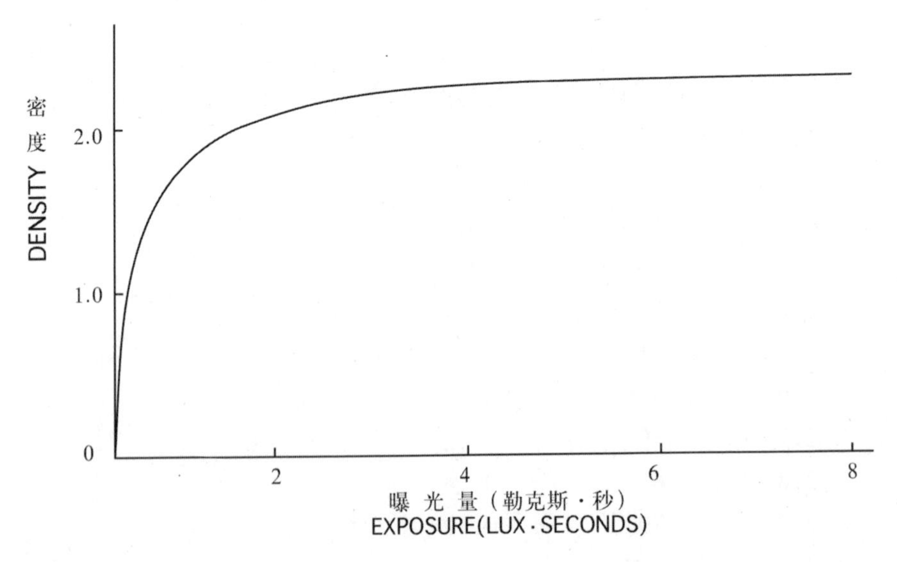

图 1–1

1. 实际上，我们改变相机曝光量是按曝光量变化的系数来考虑的，也就是说，曝光量的变化通常是几何级数而不是算术级数(例如，当曝光时间从1/60秒增加到1/30秒时，我们说曝光量增加了一倍，而不是说曝光量增加了1/60秒)。所以对数曲线最能合理地代表曝光量改变时密度增加的方式。

2.D logE曲线中我们刚能察觉黑化的那一部分曲线（也就是曝光量数值小的部分）所占据的比例远比密度曝光量曲线大。胶片的感光度通常按产生最小密度值所需的曝光量来判断，在曲线的这一部分增加明晰度是很有价值的。

3. 横坐标轴和纵坐标轴都采用对数单位，就很容易把底片密度值转换到相纸特性曲线的对数曝光量坐标轴上，便于我们找出原被摄景物中的亮度、底片的透射密度和相纸的反射密度之间的关系。

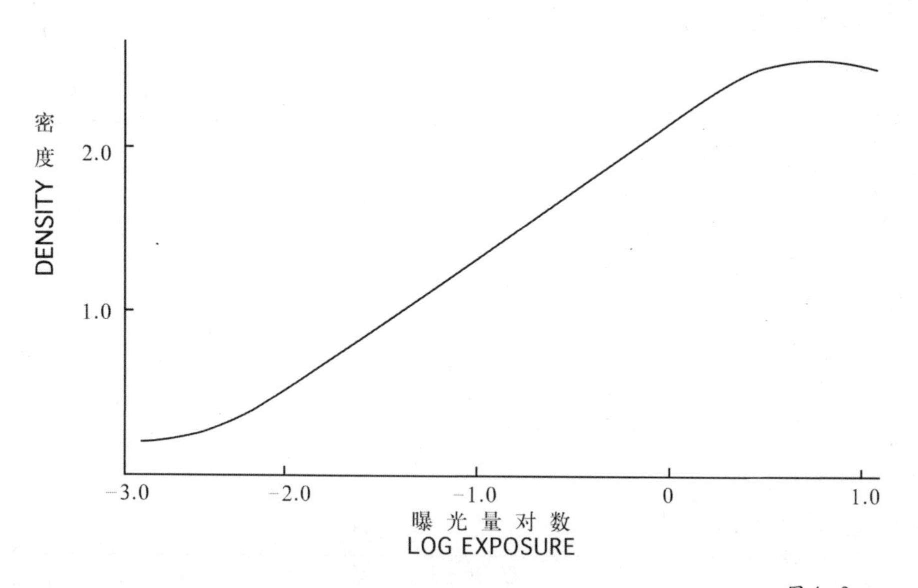

图 1—2

（二）底片特性曲线的几个主要部分

为方便起见，底片材料的特性曲线可分为四个主要部分：趾部、近似直线的部分、肩部和负感部分，如图 1–3 所示：

趾部以下的曲线几乎和 logE（曝光量对数）轴平行，且与其相距不远，一般这个区域内的底片密度都很小，称为片基 + 灰雾或 D 最小，是所用冲洗过程中所能得到的最小密度。片基灰雾由支持体（片基）的密度及未曝光的颗粒显影而产生灰雾共同构成。在曲线上，灰雾以上最先可察觉密度的那一点称为临界值。

在普通摄影中，我们一般不使用负感部分，但值得注意的是，在这部分，曝光量的增加会使密度减小。产生负感现象（曝光过久现象）所需的曝光量通常超过正常曝光量一千倍左右，这种现象一般极少碰到。

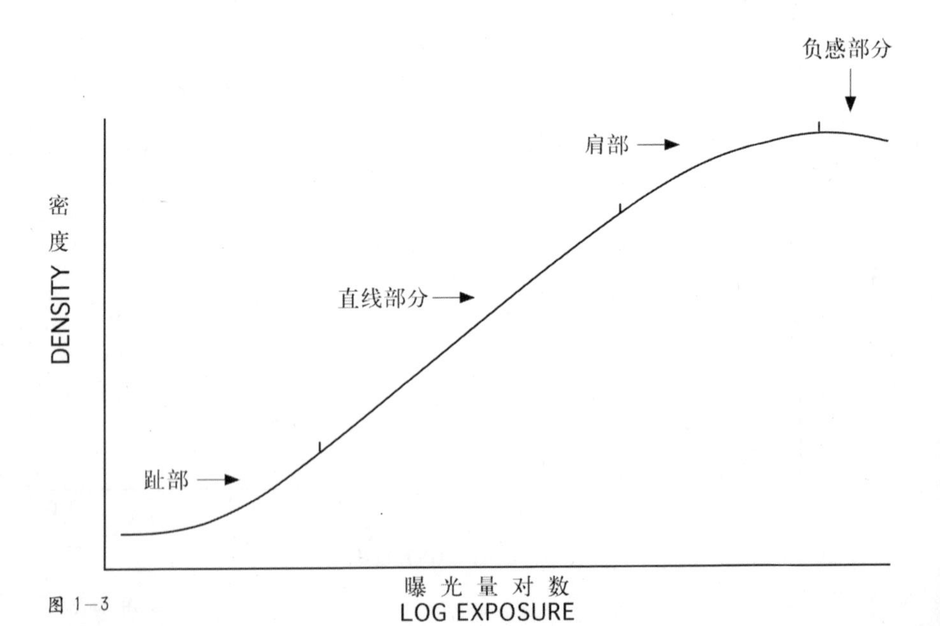

图 1–3

（三）反差

特性曲线上的直线部分与 logE 轴构成的夹角的正切值为 γ (gamma)，只有在曲线的直线部分，底片的密度差才与原景物的视觉差成正比例关系。参见图 1-4，图中 γ = BC/AB。

由此可见，γ 可用来度量特性曲线直线部分的反差，也就是曝光量对数增长时密度的增长速率。但是应当指出的是，γ 只给出了有关直线部分的资料，并不说明其他部分的情况。对黑白负片系统了解越多，我们越会清楚底片的反差不仅由 γ 来决定，其他因素也起很大作用。现代乳剂的直线部分并不十分明显，因此用传统的反差概念来分析新型胶片有时并不一定能得出准确结论。

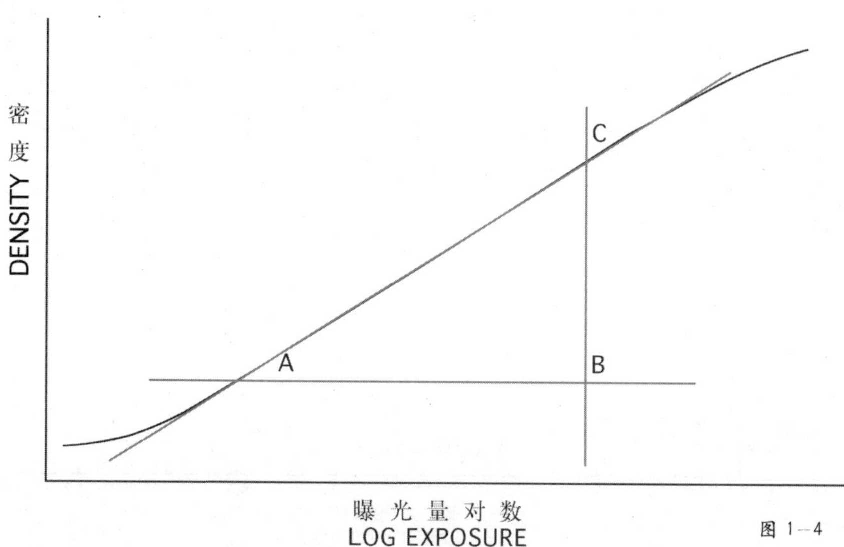

图 1—4

求反差我们一般可采用两种方法：

1. 以 ΔD 方式计算。

如果想得到能够合理印放到 2 号相纸上的底片，我们需要的负片的反差如图 1-5 所示。与 1.30 的曝光量对数相对应的密度范围差，即为 ΔD。ΔD 的理想值一般为 0.8±0.05。

2. 以 CI 方式计算（反差指数）。

这是柯达公司采用的反差度量方法，它考虑的是底片特性曲线的趾部。其测定方法较为复杂，近似方法是以 D 最小 + 0.1 单位为中心作半径为 2.0 单位的圆弧，连接这两点的直线斜度就是反差指数。

关于测定反差指数的更详细、更精确的说明，可参阅柯达手册 SE-1。

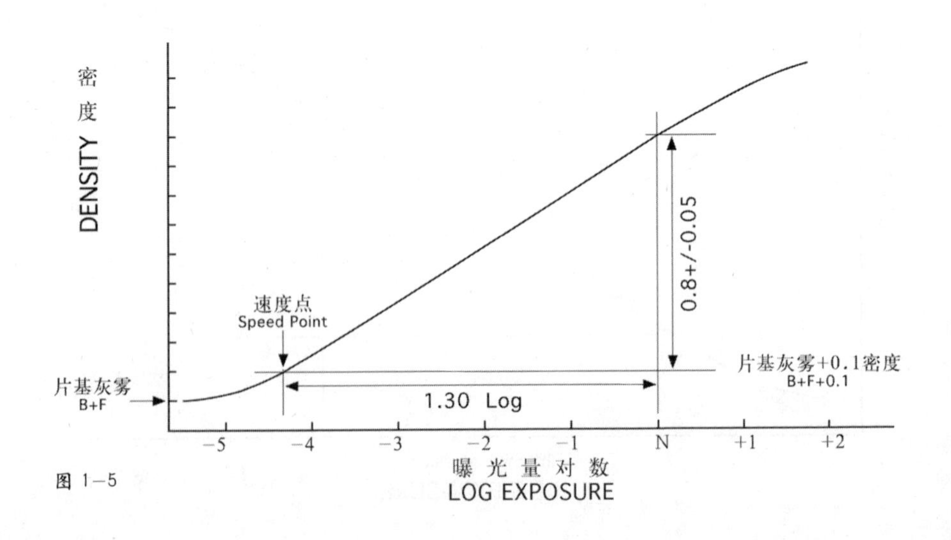

图 1-5

(四) 特性曲线随感光材料的变化而变化

各种不同的感光材料的特性曲线在形状和相对于 logE 轴的位置上互不相同。其中曲线相对于 logE 轴的位置取决于材料的灵敏度，即感光度。材料的感光度越高，曲线的位置越靠近标度的左边（胶片的感光度留待后面的章节详细讨论）。曲线形状的主要变化有：

a. 直线的斜率（γ）

b. 直线的长度

直线的长度通常用趾部并入直线部分的密度和直线并入肩部处的密度来表示。

各种照相材料能达到的最大斜率和达到给定斜率的速率都不相同。现代底片材料在标准显影时间下曲线的趾部很长，直线部分却很短。复制用的材料，通常设计成曲线趾部很短（也就是说，趾部在小密度处便并入直线部分），而直线部分较长，直线的斜率由材料的用途性质来决定。各种感光材料的特性曲线一般会由各胶片制造厂公布。

一、黑白负片特性曲线随显影的变化

特性曲线不单是乳剂的函数，而且其形状会随曝光条件（如光源的颜色和强度）和冲洗加工条件的变化而改变，尤其是显影程度对曲线有明显影响。

如果其他条件保持恒定，只改变显影时间，我们就能得到一组特性曲线，其形状如图 1–6 所示。

由此可知，虽然一条特性曲线就能使我们在一定程度上了解材料的性能，但延长显影时间后，得到的一组曲线能提供更全面的信息。延长显影时间后，曲线最明显的变化在于直线部分的斜率增加（即 γ 增加）。对于任何一种特定的乳剂来说，其反差值就是显影程度的参考标准。

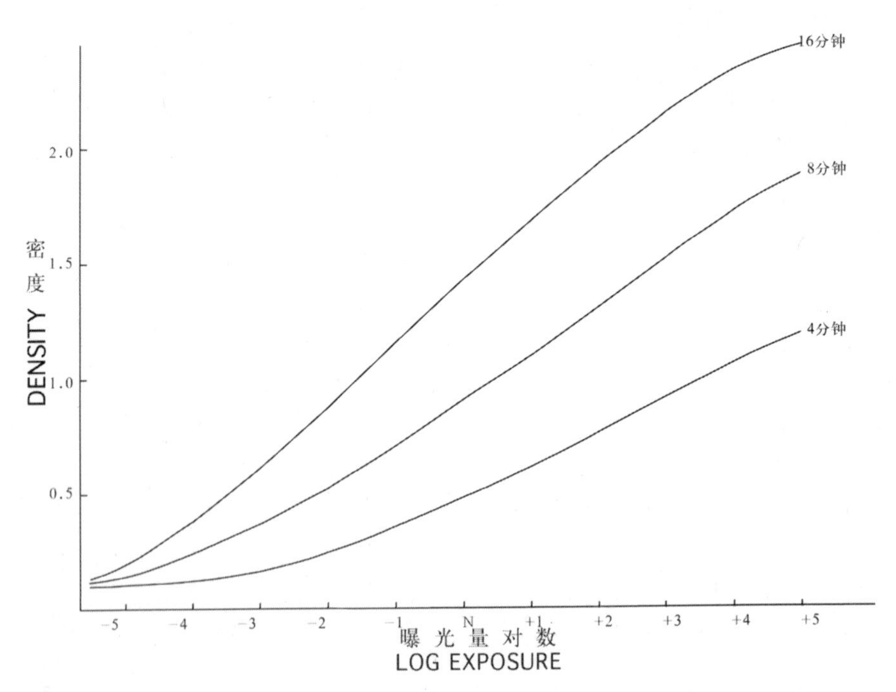

图 1–6

二、黑白负片“反差—显影时间”曲线

以反差为纵坐标，以显影时间为横坐标作图，所得曲线的一般图形如图 1–7 所示。

从图中可见，显影开始时，反差增长非常快，之后增长速度逐渐放慢，直到达到某一个点，此后再延长显影时间，反差也不会再增长了。这个点上的值称为 γ 无穷大（$\gamma\ \infty$）。γ 无穷大因乳剂而异，在一定程度上依赖于所用的显影液。能产生高 $\gamma\ \infty$ 的材料称为高反差材料。大多数材料都不适于显影到 $\gamma\ \infty$，因为延长显影时间会带来灰雾和颗粒的增加，在达到 $\gamma\ \infty$ 之前灰雾或颗粒或两者就可能已经令人难以接受了。由于灰雾的关系，显影时间延长过久，反差反而会下降，因为灰雾引起的附加密度对低密度的影响比对高密度的要大。

只要看一下“反差—显影时间”曲线，我们就能知道用某种特定材料和显影液所能获得的 $\gamma\ \infty$，还能知道达到 $\gamma\ \infty$ 和任一较低反差值所需的显影时间。

感光材料在特定显影条件下的“反差—显影时间”曲线一般由胶片制造厂公布，这种曲线很好地表明了材料的一般性能，对

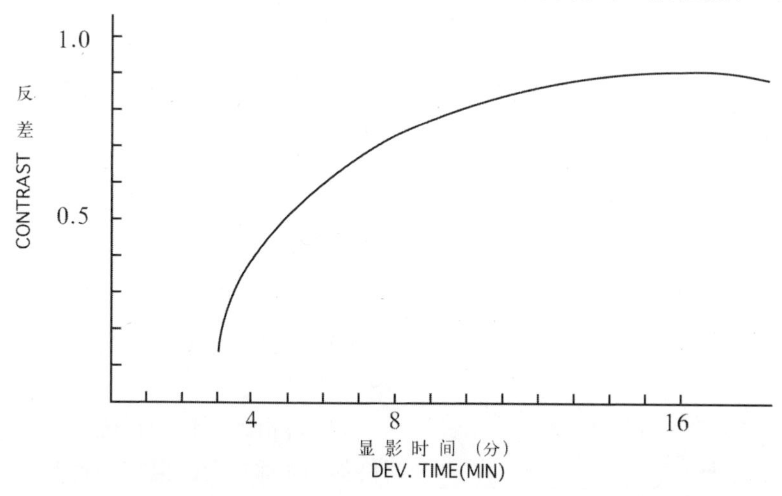

图 1–7

我们为某项给定的摄影任务选择合适的照相材料和显影液大有帮助。但是，因为具体的工作条件往往与规定的条件有所不同，加上感光材料的性能在制造和储存期间会发生变化，因此任何一种材料的“反差—显影时间”曲线最好是由用户按自己的工作条件来测定，这对用户将会有很大帮助。

三、黑白相纸

黑白相纸的感应特性曲线绘制方法和胶片一样，只是此处的密度是反射密度。

任何相纸上能够得到的最大密度都有一定限度，一定相纸经过充分曝光和充分显影后所能达到的最大密度值，称为该相纸的最大黑度。

最大黑度主要取决于该相纸的表面。绒面相纸的最大黑度相对较低，半绒面和绸纹相纸的最大黑度介于绒面和光面相纸之间。三种主要表面的相纸最大黑度值如下：

相纸种类	最大黑度
光面	2.10
半绒面	1.65
绒面	1.30

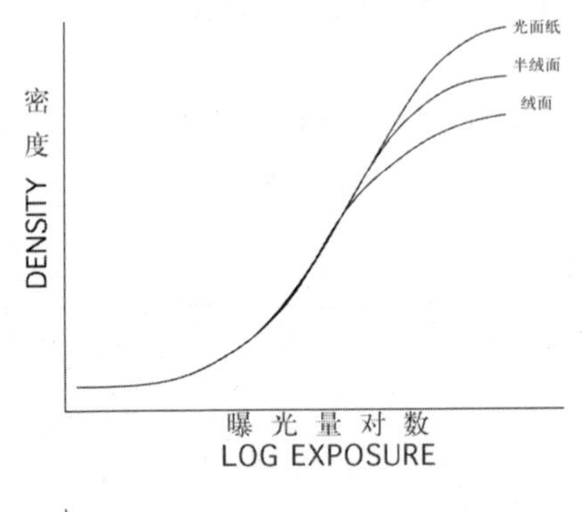

图 1—8

240秒 120秒 90秒 60秒 30秒
密度 DENSITY
曝光量对数 LOG EXPOSURE
图 1—9

最大黑度的变化对特性曲线的影响主要限于曲线的肩部，如图 1—8 所示。

黑白相纸特性曲线随显影条件的不同而变化，但它与底片的情况不同。

图 1–9 为相纸的一组特性曲线。相纸的显影时间一般至少约需 1 分半，延长显影时间后曲线向左移动，但斜度稍有增大。

四、对黑白照片的评价

在印片中一般要求：

a. 重要的底片影调都要在照片中出现。

b. 照片要具有所用相纸能产生的从黑到白的全部影调范围，甚至在高调和低调摄影中，通常也要求照片表现一些白和一些黑，不论这些区域如何小，如图 1–10 所示。

不是所有的底片都具有相同的密度范围，它因被摄景物亮度范围、曝光量和显影等一系列因素而不同，所以一种相纸不能适应所有的底片。相纸往往是按一系列反差成套生产的，不同的反差等级的相纸有不同的对数曝光范围。可变反差相纸在使用时通过改变品、黄滤色片的数值，可适用于各种底片。

图 1–10，摄影：李艾霞

一、背景知识

（一）固定密度（胶片感光度标准）

固定密度值是胶片感光度表示方法之一，以 D = 片基灰雾 + 0.1 密度作为依据。它是 1943 年被采用的第一个感光度标准，即 DIN（定制，德国工业标准），现在仍用于美国、英国和德国标准感光度制。

（二）国际标准（ISO 概念）

国际标准是将质量标准作为摄影的行业标准，以高质量为前提进行摄影研究。ISO 概念在摄影领域主要涉及胶片感光度的标定。

现今，美国、英国和德国标准感光度制在各方面都协调起来，且与国际标准化组织制定的标准基本一致，只是在标值形式上有所不同。以上三国标准中采用的测定感光度的通用方法如图 1–11 所示。图中标示的速度点的位置，即为计算感光度的判据。

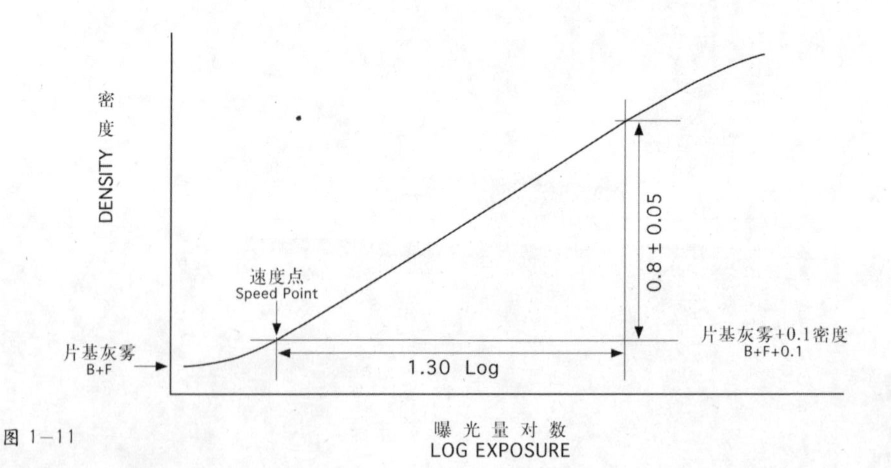

图 1–11

（三）各种感光度制的换算

各种感光度制的换算表常见于多种参考书，在此就不赘述了。

二、实用感光度测定的拍摄和冲洗

（一）感光度数值的实用价值——实用感光度测定

胶片感光度往往是由生产厂家给定的，在通常情况下，使用者不需改变，只要按照给定值拍摄就可以了。而对于专业摄影人，为了获得胶片的最佳质量，建议进行使用测试，测取胶片的实用感光度。

（二）器材准备（见图 1—12）

胶片：同一乳剂号的 120 黑白负片三卷。

图 1—12

相机：中画幅相机。

镜头：建议使用标准镜头。

其他设备：反射式点测光表（推荐使用）、灰板、三脚架。

（三）拍摄

在晴朗的室外日光（或室内标准影室闪灯）均匀照射下，以黑白负片标称的感光度为标准，使用反射式点测光表从机位测取灰板的数值，以此值为准，对三卷黑白负片分别进行从 −5（欠曝五）至 +5（过曝五）档的包围曝光（拍摄灰板）。

1. 拍摄工作持续的时间尽可能短，以免光线发生较大的变化。
2. 灰板尽可能充满画面，为后期测试提供便利条件。
3. 相机镜头与灰板呈垂直的翻拍角度。

（四）冲洗

图 1—13

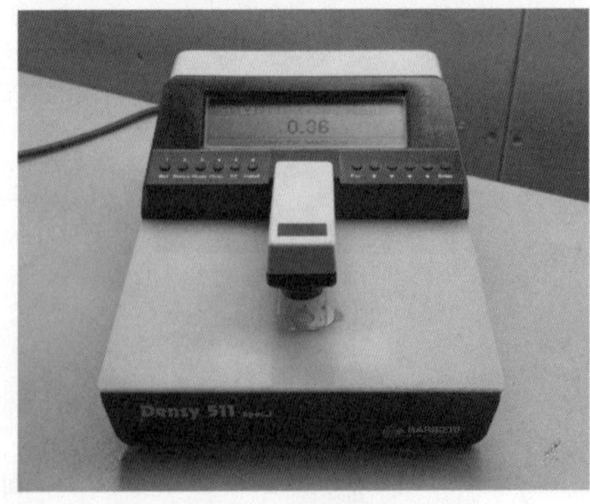

图 1—14

应用 D—76 工艺，对三卷黑白负片实施不同时间的显影，时间分别为 4 分钟、8 分钟、16 分钟。然后完成标准的定影、水洗和干燥过程，如图 1—13 所示。显影之前请准确记录显影液的温度，为下面的反证工作保留确切的参考数据。

保留好晾干的黑白负片，进入下一关键环节——测取负片密度，制作图表。图 1—14 为密度仪。

三、实用感光度测定的图表信息分析

（一）测取密度

用密度仪测取三卷黑白负片的片基灰雾值和不同曝光量的密度值，并代入坐标图表里，然后将所有的数据点连接成轨迹，绘制出胶片特性曲线图。图 1–15 为 AGFAPAN APX100 胶片实际冲洗得到的曲线图，图中横坐标表示的是从 −5 至 +5 档的包围曝光。其中 N 值表示的是每卷胶片中以测光表的测取值为标准的曝光。图中纵坐标表示的是密度，也就是胶片上所得到的影像的黑度值。

（二）求速度点

黑白负片上，我们将能够刚刚开始记录和反映影像的密

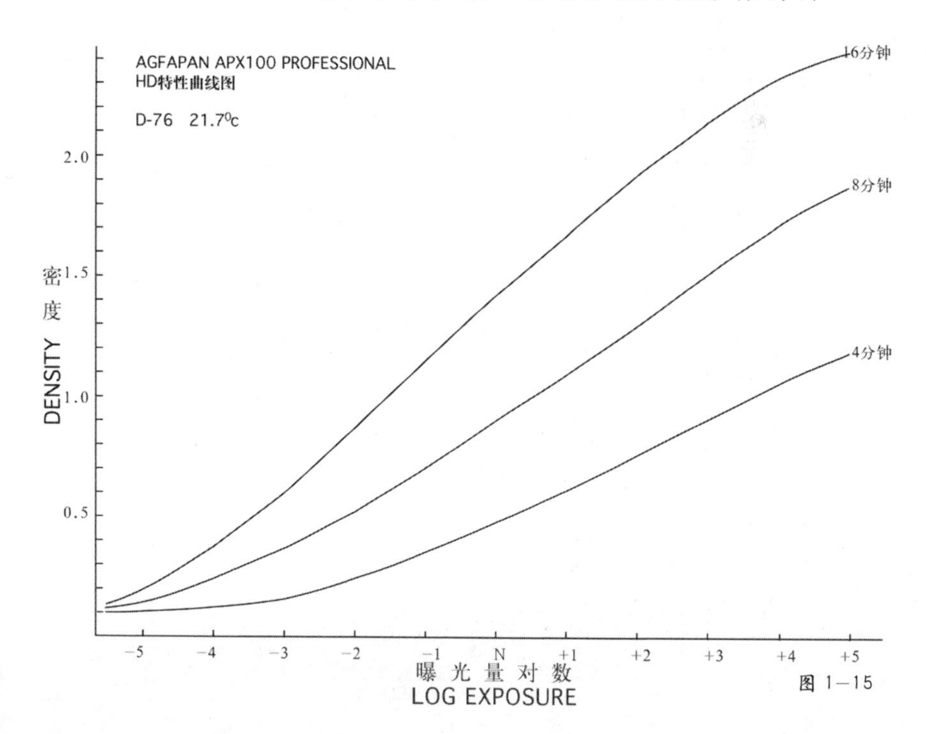

图 1—15

度——片基灰雾＋0.1 密度——作为计算其实用 ISO 感光度的速度点，即计算感光度的判据。从图中，我们可以计算出三卷负片三个不同的速度点。

（三）实用感光度的推算

将三个速度点数值代入如图 1–16 的“感光度—显影时间”坐标图标里，纵坐标为感光度值，横坐标为显影时间。将数据点连接成轨迹，可以得到“感光度—显影时间”曲线。

分别计算图 1–15 的三条曲线的反差值，代入第二节提到的“反差—显影时间”坐标图标里，可以得到此胶片的“反差—显影时间”曲线，如图 1–17 所示。

综合各方面因素，包括显影时间与感光度值之间的对应关系、显影时间与反差之间的关系，由此计算可知，在什么温度条件下，显影多长时间，最终得到的实用感光度是多少。从图 1–17“反差—显影时间”曲线的例子中可以看到，要想在负片上获得适用

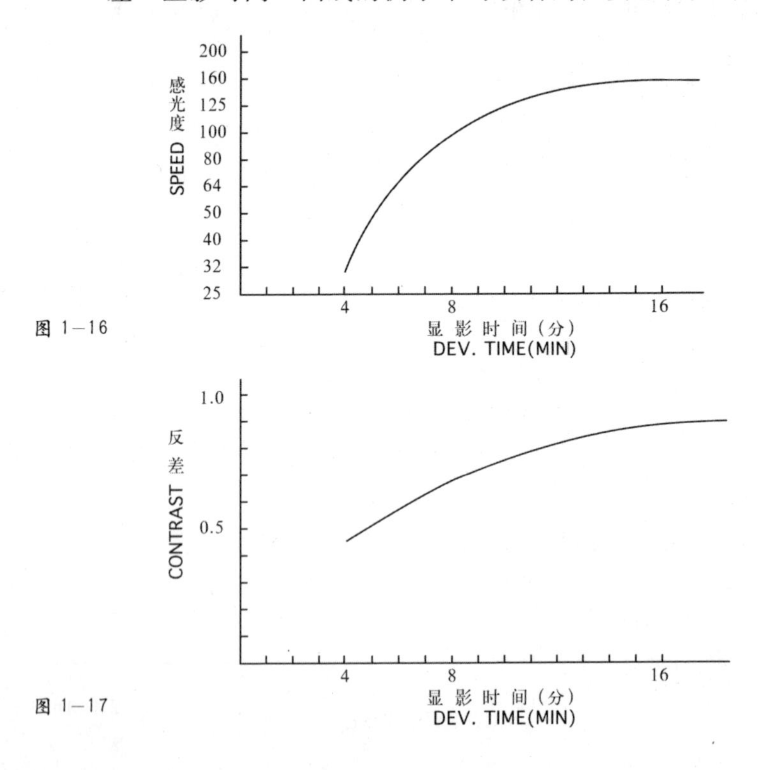

图 1–16

图 1–17

于印放至二号相纸的反差，即密度范围差为 0.8 左右，应该将该黑白负片显影 10 分钟左右。从图 1–16“感光度—显影时间”曲线的信息可以看到，显影 10 分钟时，该黑白负片的实用感光度是 ISO125。

实用感光度测定的结果虽然是相对数值，但对测试材料或溶液的性能往往有真正的实用价值。

简单的感光测定方法有多种用途，如研究延长显影时间对乳剂感光度和反差的影响、比较两种显影液获得的乳剂感光度和反差等一系列工作。

实用感光度测定使用的是个人相对固定的器材，在工作过程中每个人的操作细节会有很大差别，因此获得的实用感光度数据对每个具体摄影者有实际指导价值。我们可以更好地操控自己手中的器材和感光材料，为创作实践做好准备。

（四）实用感光度的反证

通过复杂的操作过程，我们最终得到了理论数据。按此数据拍摄和冲洗，是否就能真正获得理想的反差呢？我们要相信自己所做的严谨测试工作，并按照理论数据进行一次反证工作。

拍摄设备的准备如前，但黑白负片只要一卷就可以了（注意：该负片一定是和测试时使用的负片为同一乳剂号）。仍然是在晴朗的室外日光均匀照射下拍摄灰板。谨记，此时是以测试得到的感光度为标准测光，对负片实施从 –5（欠曝五）至 +5（过曝五）档的包围曝光（拍摄灰板）。

1. 拍摄工作持续的时间尽可能短，以免光线发生较大的变化。

2. 灰板尽可能充满画面，为后期测试提供便利条件。

应用 D–76 工艺，以与测试时同样的药液温度，对黑白负片实施显影，显影时间为测试时推算的分钟数。然后完成标准的定影、水洗和干燥过程。

晾干黑白负片，测取负片密度，制作黑白负片特性曲线图表。如果一切顺利，我们应该得到近似前面介绍的图 1–11 的标准反差曲线图表。

第四节 实用区域曝光

一、影调范围

在分析区域曝光之前，我们先来了解一下影调。摄影影调关系的形成离不开光。光线照射在一张平展的白纸上不会有影调变化。来自于不同方向、不同介质的光源，在起伏变化的人物景物上才会塑造出体积和空间。光影在不同的空间中产生影调变化，成功的影像画面在影调表现方面都有独到之处。因此，以什么样的方式去观察耐人寻味的光线，以什么样的方法去度量复杂的现场光照度，以什么样的材料去捕捉稍纵即逝的美丽瞬间，就是我们需要了解的事情。

再次回到黑白负片特性曲线话题上，看看曝光、显影结果，看看被摄景物在特性曲线上的位置。

我们已经知道，特性曲线表示一种照相材料在很广泛的曝光范围内的信息变化。任何一种底片仅有一部分曲线可以利用，被利用部分的长度取决于被摄景物的亮度范围，其位置取决于景物的实际亮度以及所用的曝光时间和镜头孔径。通常，“曝光正确”的底片所用的曲线部分是趾部的一部分和直线部分靠下面的一部分。

假设我们拍摄图 1—18 所示的立方体，S_1 是被摄体的最暗部位，S_2 次之，H_1 是最亮的强光部位，H_2 次之。在曝光正常、显影正常的底片上，这几个部位的曝光量和密度就近似地如图 1—19 所示。

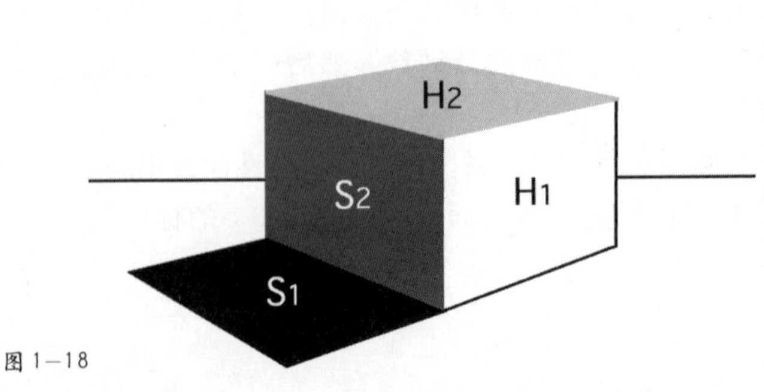

图 1—18

将同一被摄景物的曝光不足的底片予以正常显影时，S_1、S_2、H_1、H_2 的位置如图 1—20 所示。

稍许曝光过度的底片，经正

常显影后被摄体在特性曲线上所处的位置如图 1-21 所示。

通常使用的黑白负片，能够相对准确记录和还原的最丰富影调涵盖七档光圈范围，也就是说光的亮暗比可以达到 128:1。超出七档光圈范围的影调虽然有一部分也可以记录下来，但是在相纸上较难还原。自然光照条件下的亮暗比经常会超出 128:1，有时甚至达到 1000:1，也就是说可以达到十档光圈的光照度变化。

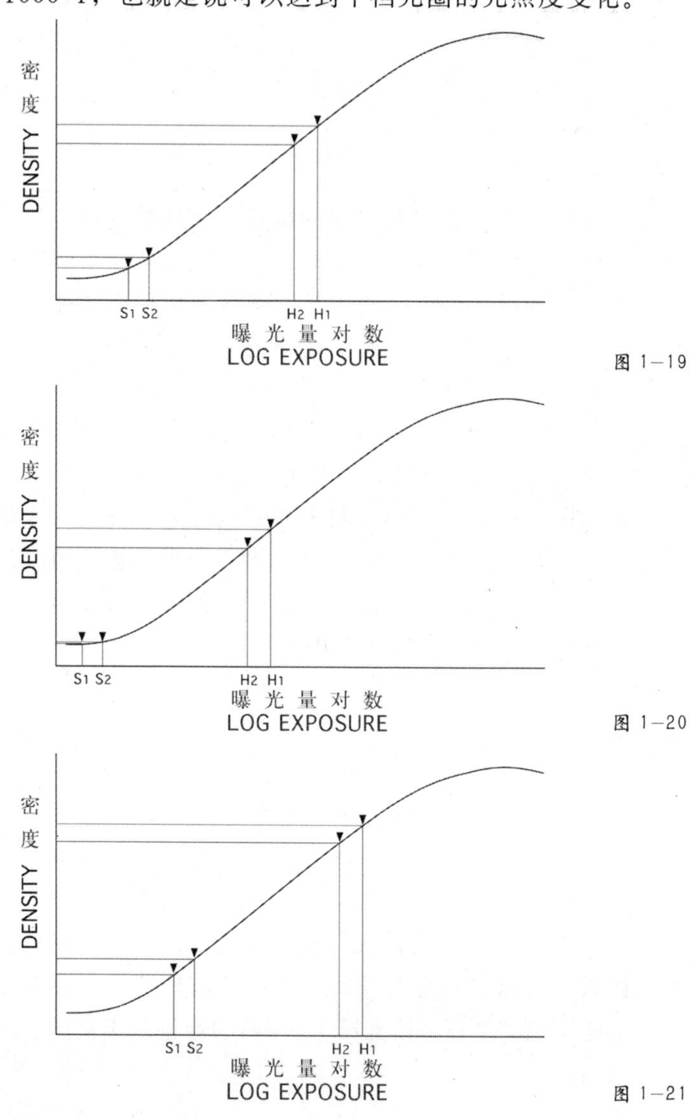

图 1-19

图 1-20

图 1-21

在此环境下拍摄，便会面临妥协，不是舍弃部分高光影调，就是牺牲部分暗部影纹。影棚内的拍摄工作有其便利性，可以通过影室灯的控制，使亮暗比尽可能不超出 128∶1。

二、实用区域曝光

区域曝光是对拍摄和冲洗过程实施控制的有效方法，它对大画幅散页片的冲洗有很好的指导意义。但是小画幅和中画幅相机使用的都是卷片，对其中某一幅画面单独实施冲洗在技术上难度太大，也不现实。因此，在使用中、小画幅相机系统时，我们就需要实用区域曝光。

对区域曝光的最简单理解是将日常景物反射光分为从绝对黑到绝对白的零至十区，用数字表示为 0，Ⅰ，Ⅱ，Ⅲ，Ⅳ，Ⅴ，Ⅵ，Ⅶ，Ⅷ，Ⅸ，Ⅹ，相邻两区的变化即为一档光圈变化。与反射率为 18% 的灰板相一致的中灰影调值，即为影调值Ⅴ。最终可还原的影调最丰富范围即为Ⅴ区及左右各三档，也就是Ⅱ至Ⅷ区的七档变化，即所谓“纹理幅度”。

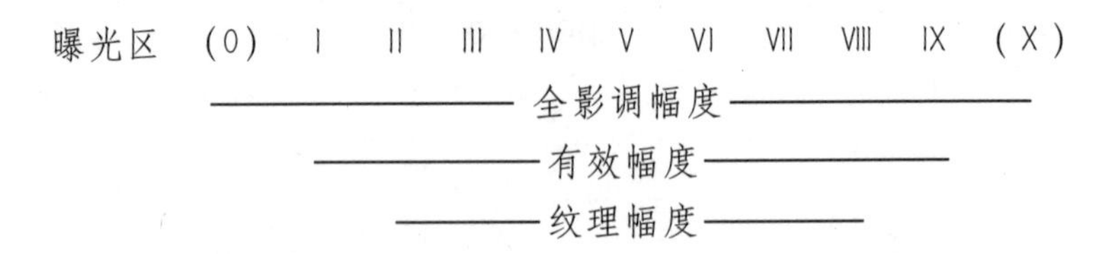

在观察被摄景物进行预想分析时，通过点测反射型测光表的读数，将需要重点表现的人或物及其环境的主要部分细节安排在围绕所谓“Ⅴ区（第五区）”左右的影调最丰富的“纹理幅度”范围内。

当然，为了准确实施预想，要进行大量的实践练习，通过观察、推算、拍摄、冲洗及印放的一系列过程，感知影像的“诞生”过程，进而通过这一完整过程得到对中灰色调的反复强化记忆。这样，在日后面对被摄场景时，能够快速准确地识别中灰色调，并在按下快门之前便对最终的影像色调关系有明确的“预想”。

通过对测光及曝光的控制，可以在一定程度上避免烦琐的冲洗调整，这对中、小画幅相机系统的黑白影像影调控制具有实用意义。下面来看一下实际应用的范围。

三、调性

（一）全影调

全影调是最常见的影调关系（这里所说的全影调是不超出“纹理幅度”的影调关系），全影调的画面通常给人以平实亲近感。

这类影调画面一般是指一个光照比较均匀的场景，黑、灰、白色调在整个影像中都有分布，但画面中没有极端的黑与极端的白，人物、景物的细节表现围绕着中间影调关系。因此拍摄时，我们几乎可以不加调整地将现有场面用黑白负片材料真实地记录下来。如图 1–22 所示。

图 1–22，摄影：刘爱超

（二）高调

这类影调一般光照均匀，且

图 1-23，摄影：李洁

画面中多数场景为亮白色调，整体看上去淡雅、明亮，给人以空灵感。如图 1-23 所示。拍摄人像时除了极少数色调如人物的头发或景物的暗影等固有色比较浓重之外，其余部分皆很明亮，且背景往往也是亮色，整个画面没有大面积的黑灰色，即便有一点黑灰色，也是起点睛的作用，令高调画面有些许的变化。

正确的理解、精准的测光及准确的曝光是高调作品成功的技术保证。如果希望通过拍摄时曝光过度或放大时曝光不足来追求高调效果，就只能是得到浅淡污浊的影调关系。

拍摄高调画面需要注意在明亮的高光区域也要保留细节，不要死白一片。

使用负片拍摄时，高调所覆盖的主要是中灰及中灰以上三档左右范围内的影调关系。

（三）低调

图 1-24，摄影：蒲玉轻

这类影调一般光照角度比较偏斜，且画面中多数场景为黑灰色调。如图 1-24 所示。低调画面给人以深远感。拍摄低调画面时，如果是摆拍影室人物，服装道具尽可能选用重色调，除了极少数色调如勾勒形体的线条等是比较明亮的色调之外，一般没有大面积的亮白色。

一个全影调的场景，通过曝光不足的方式也可以拍出看起来低调的作品，但是场景中的暗部影调关系会淹没在乏味的黑色中，没有层次，高光部分也会因此显得浑浊。

拍摄低调画面需要注意在大面积的暗部区域也要保留细节，不要死黑一片。

使用负片拍摄时，低调所覆盖的主要是中灰及中灰以下三档左右范围内的影调关系。

四、滤光镜

摄影滤光镜（或称滤镜）是一种透明的改变光线的装置，既可以用在相机、放大机放大镜头前后，也可以放在射向被摄体的光路上。用于镜头的滤镜必须具有光学质量，才不会影响影像质量，多用玻璃、塑料或明胶制成。用于光源的滤镜不需要具有光学质量，但必须能经受高温且不变形或不褪色。大多数滤镜可以从光线中选择性地吸收某种波长，改变波长比例，从而改变光的通过能力。图 1—25 是滤光镜系列。由于使用滤镜改变了光的通过能力，也就改变了整体画面的反差和调性。

图 1—25

以下滤镜较常用：

1. UV 镜：滤掉大量不需要记录到底片上的紫外光。

2. 中灰密度镜：其特点是对所有波长的吸收几乎相等，呈中灰颜色，可以降低整体画面的亮度。这样既可以满足高感光度胶片在明亮的条件下正常使用，又可以满足良好的照明条件下普通胶片使用较大的光圈进行拍摄而避免太快的快门速度。

3. 偏振镜：有选择地吸收在一个方向上振动的光，而透射与此方向成直角的光线，介于这两个角度之间的光线一部分被透射，另一部分被吸收，这种滤镜被称为偏振镜。偏振镜的主要用途是降低景物中的有害反射，控制天空的还原，改变反差和影调关系。有害反射包括从非金属表面如玻璃、水、抛光木材、油漆涂料、纸张或潮湿表面直接反射出来的光，这种光是部分偏振的。从天空中来的光在与观看太阳的视角垂直时是部分偏振的。

用于黑白摄影的滤镜还有许多不同的颜色和密度。常见滤镜有红、蓝、深蓝、深绿、黄、品、青、深橙等，分别适用于不同的反差和调性。

使用滤镜后要想得到正确的曝光，就必须增加曝光量。增加后的曝光量与增加前的曝光量的比值称为滤镜因数。滤镜上所标的 2×、4× 的字样，指的就是该滤镜的滤镜因数为 2 或 4，这与使用时的具体条件无关。

五、测光表的使用

测光表主要分两种，即入射型测光表和反射型测光表。

入射型测光表是测量光源光照强度的测光表，如图 1–26 所示。反射型测光表是测量被光线照射的物体反射光线强度的测光表，如图 1–27 所示。

入射、反射型测光表的测光原理和前面提到的区域曝光对光线的分析方法是一样的。入射型测光表在任何条件下测得的结果都相当于影调值 V，即与反射率为 18% 的灰板相一致的中灰影调值。反射型测光表测光时，相当于把所有被测体都当做反射率为18% 的灰板。

用反射型测光表测量一片雪地或者一张白纸时，它会把白色当做灰板。如果直接按照测光读数拍摄，得到的就是 18% 的灰。印放的照片，就是一张灰色调的作品。用反射型测光表测量一堆煤或者一张黑纸时，如果直接按照测光读数拍摄，得到的同样是18% 的灰。印放的照片，还是一张灰色调的作品。因此，测光表只是一个仪器，运用时需要对测光读数进行修正。面对雪地测光后，就要实施增加曝光的修正 ；面对煤堆测光后，就要实施减少曝光的修正。

只有正确理解测光表的工作原理，才能将反射型测光表用好用对。如果认为反射型测光表不如入射型测光表好用，是因为还没有完全了解并掌握其工作原理。充分用好反射型测光表是理解实用区域曝光的重要信息保证。

图 1—26

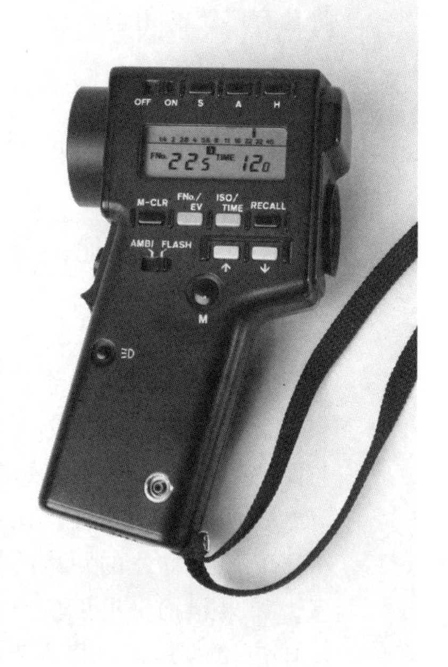

图 1—27

一、光源类型

摄影中的光源主要分为自然光源和人工光源两大类。其中自然光源主要来自太阳和天空的反射光，而人工光源则多种多样，主要可分为连续光源和闪光光源两种。

连续光源指来自“全辐射体”的光。所谓“全辐射体”(或称“黑体”) 是这样一种光源，它所发出的光谱能量分布只由其自身温度决定，不受光源材料和性质的影响，如太阳、白炽灯、卤素灯等。连续光源使照明效果可以直观地呈现在摄影师面前。

闪光光源可以在稳定的色温下瞬间发出强光，拍摄时可以使用较高的快门速度。这里谈到的闪光光源一般指影室闪光灯。闪光光源造型灯的照明效果与实际拍摄效果有一定出入，因而不能令人直接看到光线投射到被摄体上的最终效果，对曝光区域的计算需要有预见性和想象力。但它不会像连续光源那样随时间的延长而产生高热，且具有日光的色彩平衡，又可凝固动态瞬间，因此具有广泛的用途。

二、平方反比定律

影响照度的因素除了光源输出的大小外，还有受光物体表面与光源的距离。照度与距离的关系被称为平方反比定律，即照度与距离的平方成反比，如图 1–28 所示。

严格地说，平方反比定律只能用于点光源，至少是光源尺寸小于光源到物体的距离的情况。在一个只有白色背景的拍摄环境里，如果想拍摄出黑色或浓重色调的背景，我们就可以借鉴平方反比定律的知识，将主光源和被摄主体与背景拉开足够的距离，从而获得理想的效果。

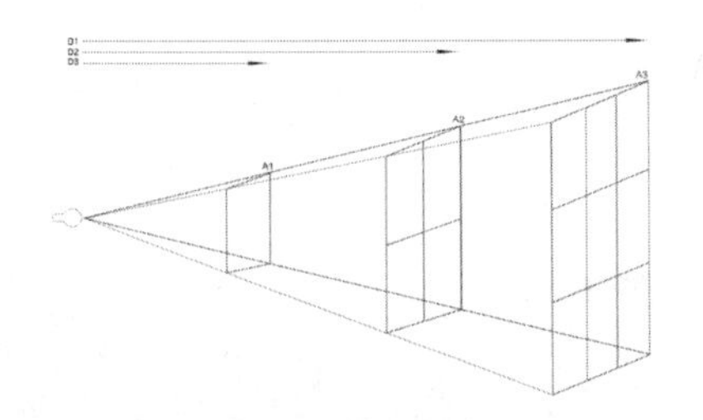

图 1—28

三、影室设备的使用

拍摄专业影像，如果想在摄影棚中完成，对影室设备的掌握便非常重要。影室最主要的设备是影室闪光灯。影室闪光灯系统看似复杂，实际上主要的部件就是灯头、电箱、软硬光罩这几个部分。

不同灯头之间的区别主要在于是否需要电箱的供电支持。无论是否有电箱支持，光线的输出量都是可调的。有的可作精细调整，有的是级数调整。

单头灯的电容器、闪光灯、造型灯及控制系统集于一身，即全部容纳在一个灯头上。它的特点是体积小,使用方便,独立性强，如图 1—29 所示。

带分体电源箱的闪灯的电容器装在箱体之中，控制部分安置在电源箱的顶部面板上，有连线与多个灯头相通。其特点是可以便捷地控制多灯之间的光比配置，但通常分量较重，如图 1—30 所示。

图 1—29

图 1—30

		图 1—31	
图 1—32	图 1—33		图 1—34
图 1—35	图 1—36	图 1—37	图 1—38

闪光灯的主要附件：

柔光罩（图 1—31）
长型柔光罩（图 1—32）
标准型反光罩（图 1—33）
广角反光罩（图 1—34）
广角柔光型反光罩（图 1—35）
束光筒（图 1—36）
蜂巢罩（图 1—37）
柔光型蜂巢罩（图 1—38）

这些看似复杂的附件其实并不难弄懂它们的用途。我们对客观世界的视觉感知来自光与物质的相互作用。光投射在物质上产生反射和透射等现象。

光的反射分为两种：定向反射和漫反射。

定向反射亦称镜面反射，是平面镜上发生的，如图 1—39。

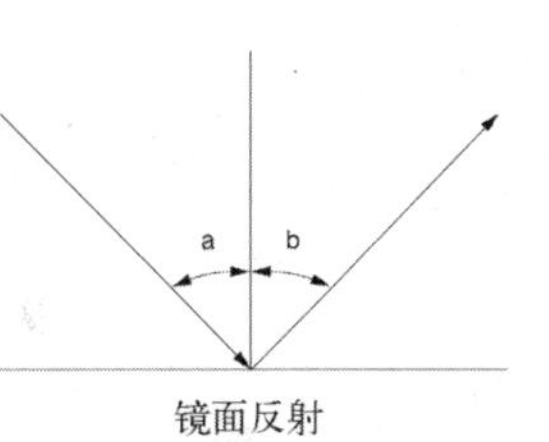

镜面反射

图 1—39

当入射到一个表面的光从该表面上的一个点向四方反射出去时就形成了漫反射，如图 1—40。漫反射又分为均匀漫反射和选择性漫反射。多数情况下我们遇到的是混合反射结果。

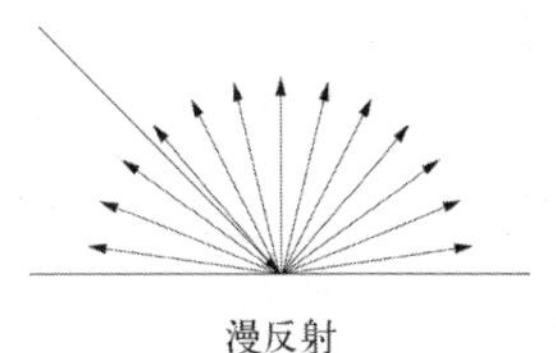
漫反射

图 1—40

反光罩、柔光罩及各种形状反光罩的罩体内部通常利用的就是反射原理。

有些材料能够让入射光全部或部分通过，这就是透射。直接透射指没有散射的透射，反之则成漫透射，即光线在透射后形成了散射。同光的反射一样，漫透射也有均匀和择向之分，也会有混合漫透射。

柔光罩便是利用透射原理。

无论多么好的摄影理念，都要依赖于硬件的支持。公欲善其事，必先利其器。要知道拍摄题材和选择加在灯头前罩的各种类型有直接的关系。

标准罩、蜂巢罩、束光筒等主要营造边缘硬朗的光线效果，适合塑造纹理感；其中蜂巢罩、束光筒可以将光源的散射角度加以控制，用来进行选择性照射。

柔光罩主要营造边缘柔化的光线效果，适合表达平顺的呈现结果。

四、主光与辅光

主光：提供主要照明，用以确定画面光线效果。

辅光：恰当地对主光照射时产生的暗影进行辅助照明，是与主光相对而言的。

主光强度与辅光强度的比值相差越大，被摄体的反差效果越大，如图 1–41 所示，反之就越柔和。

光比是用以准确描述主光与辅光关系的概念，有非常具体的数字比例及曝光差值。不过在具体的拍摄案例中，我们更多地关注亮部和暗部各处在何种影调范围内，很少死记硬背地用光比去套用现实场景。

实拍时，确定了主光，自然会形成明暗交界线之外的暗部区域。我们可以使用反射型测光表测得其数据，推算其所处曝光区域是否在期望范围内。如果期望保留的暗部细节已经低于“Ⅱ区”，便需要增加辅光。辅光的强弱以补亮暗部区域且不影响画面整体色调效果为标准。

光线知识、布光技巧是摄影技术的核心内容，需要在大量的实践中了解并熟练掌握。在实拍现场，人或物的组合千变万化，要根据主题的需求确定光线的营造氛围，切忌教条式地套用书本上的光比数据。

传统黑白影像系统是一个开放型系统，涉及的冲洗、印放、展示范围十分宽广，不是前面这些文字能够包容和详细阐述的。我们以这些最核心的知识为教学主导，可以举一反三，有效地对摄影知识逐步深入实践。

图 1-41，摄影：李雁滨

一、作品要求

(一) 内容一：实用感光度测定及反证

要求：

1. 以曲线图方式完成。
2. 数据标示清晰，推算准确。

装裱：A4

(二) 内容二：影室创意人像及创意风景

要求：

1. 影室人像要涉及全影调、高调及低调等调性。
2. 创意风景要涉及全影调、低调的调性。
3. 综合已掌握的技术手段，以黑白材料为媒材完成创作。
4. 规划合理，曝光准确。准确使用反射型测光表。
5. 印放黑白照片时，影调还原细腻。

尺寸：长边不超过 20 英寸（50 厘米）

装裱：长边不超过 24 英寸（60 厘米）

二、创作提示

摄影理论只是行动指导，实践才是检验真理的唯一标准。

对学生来说，理解影室创意人像和创意风景作业的命题并不难，难的是要开始学会带着“脚镣”跳舞。所谓的“脚镣”，就是附加在影像拍摄任务里的影调要求。

学生们对影调的概念既熟悉又陌生。熟悉的方面是，只要拿起相机拍照，就和影调在打交道，因此学生很自然地就对这个课题有所理解，以自己的布光方式进行创作和实践。陌生的方面是，虽然在之前有过对影调知识的接触，但是并没有完全理解其内容，甚至以为对拍摄场景进行过曝或欠曝就可以获得高调或低调的效果。因此，在拍摄过程中，很多时候走了弯路，甚至要经历两三次的重新拍摄来纠正其失误。正因为有了失败的经验，才对最终正确理解影调还原有更深刻的记忆。学习影调控制需要细心和耐心，才能顺利完成课题要求。

值得一提的是，拍摄过程中的一个看起来不引人注目的物件，其起到的作用不能低估。无论是在传统相机年代还是数字相机时期，这个设备的地位都不曾动摇，它就是三脚架。三脚架最容易被忽略，又最不可或缺。

遇到低速拍摄，没有三脚架几乎是不能实现的。从摄影发展初期至今，三脚架始终默默地站立着、支撑着，完成着它该完成的使命。如果是手持相机拍摄，快门速度很高时，我们可以不用三脚架。但是，一旦快门速度下降到镜头焦距的倒数值以下，影像清晰度就会受到较大的影响，此时最简单的解决方案就是使用三脚架。有很多摄影人声称手持拍摄至很低的快门速度仍能拍出清晰的影像。其实用与不用三脚架，在日常印放的5英寸照片上有时看不出什么区别，但一经放大，立刻就可看到其区别。大家自己可以尝试，分别采取用和不用三脚架两种拍摄方式，把底片局部放大，便可以看到结果。

三脚架当然是自重越重越稳当，可是也不能无限地重下去，够用就好。如果考虑外出时的携带问题，可以选择碳纤维制造的三脚架。同等承重条件下，碳纤维三脚架一般轻30%，对远行来说减少体能消耗是很重要的。影室拍摄可以不考虑重量问题，大画幅相机配大型三脚架，中画幅相机配中型三脚架。

应该指出的是，摄影的技术美感（形式）和被摄体（内容）一样重要。

三、草图及现场

充分的准备是成功的一半。

学生正式拍摄前都要沟通计划和勾画草图，最好将灯位图也仔细考虑好，在进入拍摄现场前做到心中有数，避免在影棚中做大量无用功。教师应提醒学生在测光时正确设置胶片的ISO速度，即应用其测试好的实用感光度。现场工作尽量集体协作完成，为日后的大型综合性拍摄工作做好准备。

草图及现场图片参见图1－42、1－43、1－44、1－45、1－46、1－47、1－48、1－49。

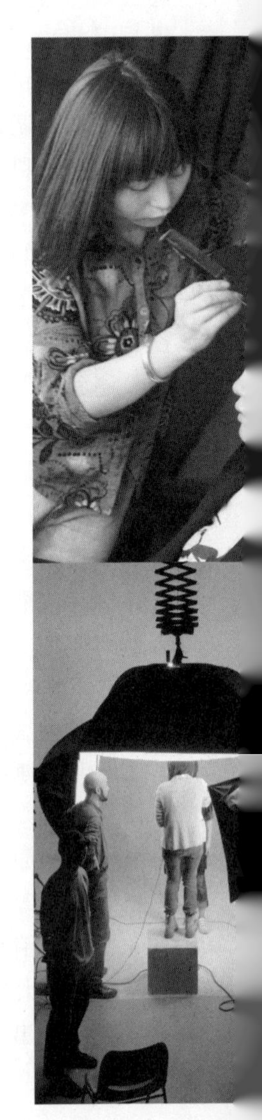

			图 1—42
图 1—43	图 1—44		图 1—45
图 1—46	图 1—47	图 1—48	图 1—49

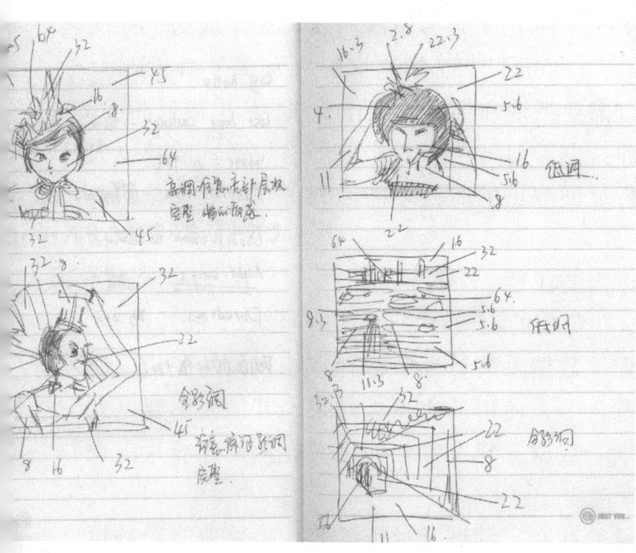

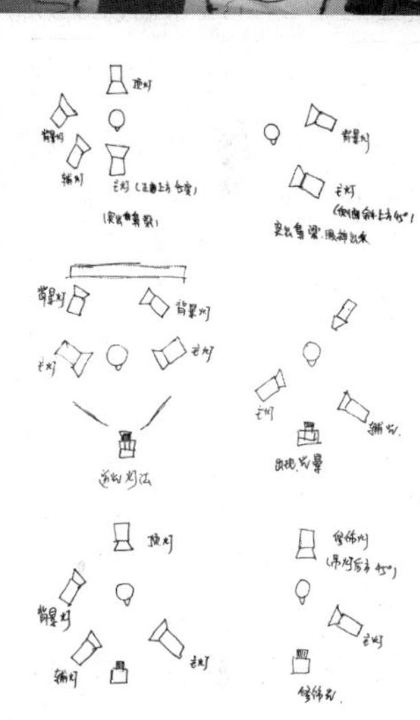

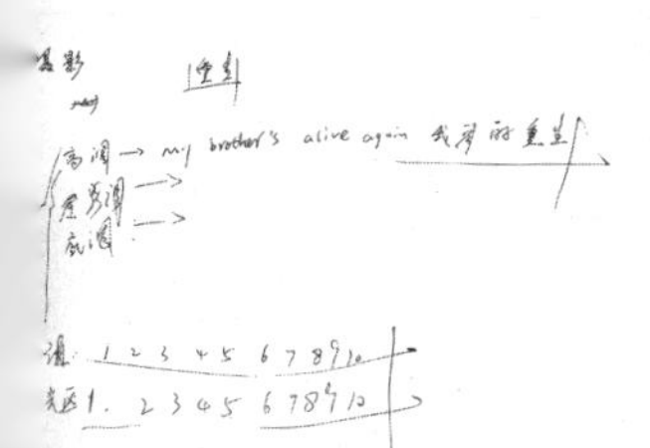

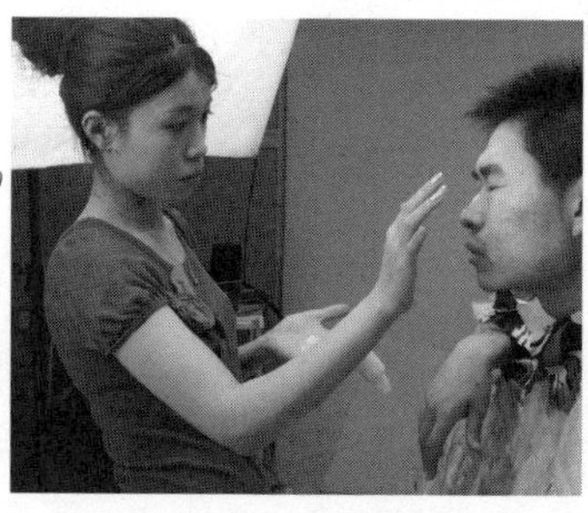

四、作品分析

经过循序渐进的课程实践，学生了解和掌握了黑白影像系统的控制流程，完成了实用感光度测定曲线图及反证曲线图，如图1–50、1–51 所示（图 1–50、1–51 的测试胶片为 Ilford FP4)。

实用感光度测定需要严谨和细致的工作方法。从拍摄到冲洗，从测量密度到描画曲线图，每一个步骤必须严格控制，以减少失误。这样在最终进行反证测试的时候才能顺利得到标准反差的曲线。

这个作业有两点需要注意：

第一，因为不是在苛刻的实验室条件下进行测试，胶片保存、拍摄条件、冲洗过程、数据采集等环节都存在相当大的变量，所以此测试得到的是符合个人使用的实用性结果，其他人不要以此作为使用某胶片的唯一数据。建议其他使用者在应用此胶片前也进行个人实用感光度测定。

第二，由于变量的存在，测试及反证的胶片特性曲线图数据轨迹出现的不平滑“起伏”是正常现象。

以下是同学们各自应用测试得到的实用感光度进行艺术创意拍摄的作品。在课题限定条件下所做的创作，虽然有十分具体的影调要求，但并没妨碍创作者艺术表现力的充分发挥。

图 1–52：

不只是一张影调覆盖全面的图像，构图及眼神的处理也给观者留下足够的想象空间。其采用的侧面用光是全影调画面常用的光源布控方式。

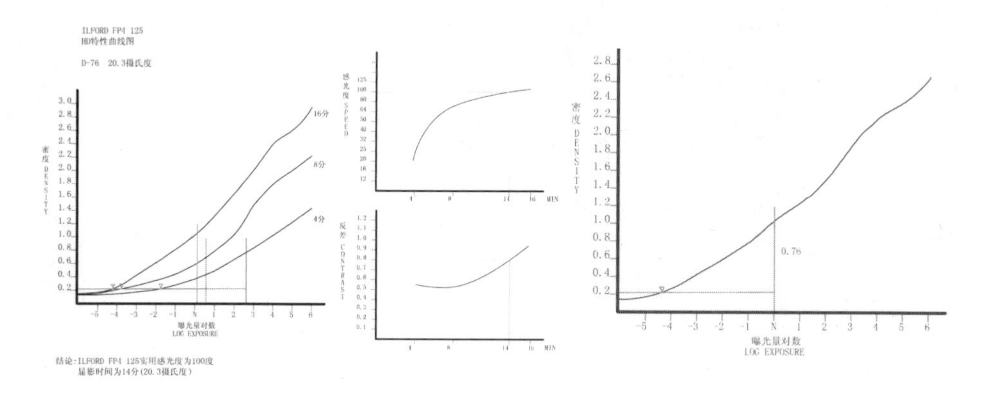

图 1—50 实用感光度测定，作者：车快

图 1—51 实用感光度反证，作者：车快

图 1—52，摄影：侯思佳

图 1—53，摄影：车快

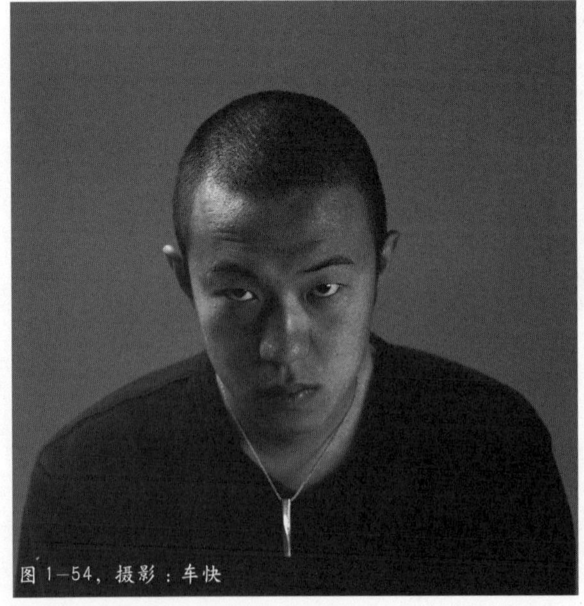

图 1—54，摄影：车快

图 1—53：

高调人像确实不好拍，既要画面明亮通透，又不能让细节丢失。

为了满足高调画面的明亮感，黑色部分（尤其是头发）所占面积越小越好。

图 1—54：

低调人像的拍摄同样有难度，在大面积的黑灰色里阐述细腻的纹理，需要准确的布光和测光控制。

注意人物眼睛部分一点点亮色的“提神”作用。

侧逆光是低调画面常用的光源布控方式。

图 1—55：

作业要求所谓的创意风景，是指主观意义上的场景。可以是无所不包的场景拍摄，而不仅仅是通常所说的风景。

这张全影调的风景拥有丰富的细节，把东南亚国家植被茂密的特点淋漓尽致地体现出来。

图 1–55．摄影：清水惠美

图 1-56、摄影：王燕妮

图 1-57、摄影：曲佳圆

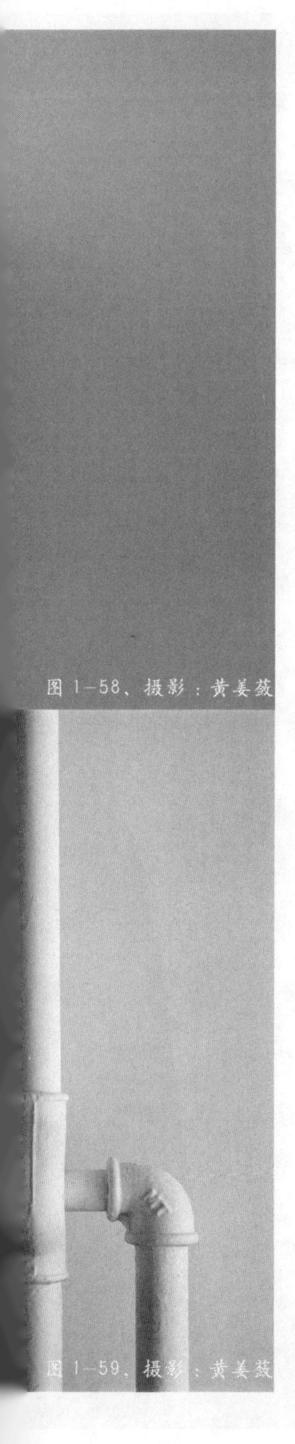
图 1-58、摄影：黄美荻

图 1-59、摄影：黄美荻

图 1-56：

不经意的一个角落，在深暗的光线中隐约显露莫测的故事。

图 1-57、图 1-58、1-59：

生活中随处可见的全影调画面，无论是寒冬里已见春意的冰面，还是井然有序中有些许变化的室内一角，很容易就从我们的视线中溜走，需要我们用心把它们留住。

图 1-60、1-61：

拍摄全影调风景照片一般在白天，利用阳光照射的光影寻找影调覆盖范围。夜景条件下实施全影调拍摄有很大难度。因为通常情况下夜景环境暗色调的部分占据大量画面空间，很难实现影调全覆盖。所以图 1-60 拍摄的夜景中的全影调中央美术学院新美术馆就十分难得了。

常规的风景画面都是全景深的，从前景的物体到无限远的物体都在景深范围之内。这张(图 1-61)竹林的影像反其道而行，给观者留下了探究其深处秘密的相象空间。低调的运用恰到好处。

图 1-62、1-63、1-64：

拍摄对象是同一人物，因为着装风格不同、布光效果不同，最终完成的画面影调差别很大，这是非常成功的拍摄实践。这样的尝试，为日后拍摄复杂的人像作品做好了准备。

图 1-60，摄影：吴丹丹

图 1—61，摄影：吴丹丹

图1-62，摄影：高赞鹏

图 1-63，摄影：高赟鹏

图 1-64，摄影：高赟鹏

图1-65，摄影：李文霞

图1-66，摄影：李文霞

图 1—67，摄影：李艾霞

图 1-65、1-66、1-67：

相对上组人像而言，这是另一种组合拍摄方式。将不同人物囊括在同一拍摄主题下，虽然布光效果不同，着装样式略有差别，化妆造型也各有特色，但视觉风格相同。最终完成的画面十分夺人眼球。这也是成功的拍摄实践，具备了在人像摄影领域继续探索的潜力。

图 1-68，摄影：李谂思

图 1-68、1-69、1-70、1-71：

摄影的职能看似记录，实为创造。无论是人像还是风景，摄影人都要将每个简单的拍摄瞬间变成一次挑战，面对再朴素的被摄体也要拍出新意。

风景题材拍出高调是比较难的，因为自然界的环境总是充满各种固有色的物体，除非被大雪覆盖，想轻松地找到一片亮白色的角落并不是很容易的事。拍摄图 1-69 需要具备发现的眼力和寻找的耐心。

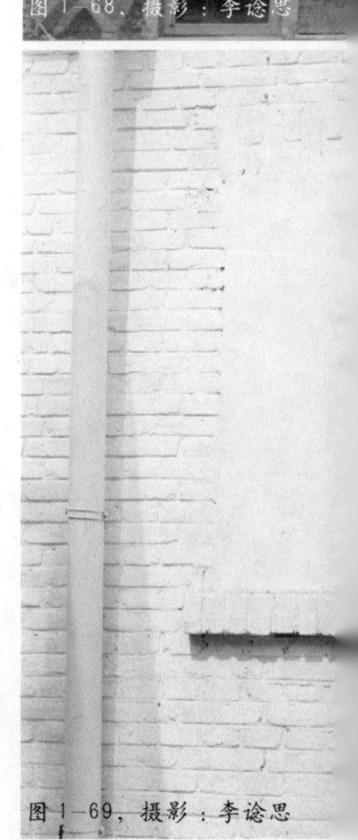

图 1-69，摄影：李谂思

图 1—70，摄影：李谂思

图 1—71，摄影：李谂思

图 1-72，摄影：章超

图 1-73，摄影：章超

图 1-72、1-73：

人像的拍摄方法有无数种，作者采用了最朴实的一种。面对没有矫饰的画面，我们的视线不再会被化妆、造型、光影等外在手段所干扰，所有的注意力会全部集中于被摄者本体，尤其是直视镜头的双眼。

细腻的影调表现得力于对黑白胶片的冲洗、印放过程的精确控制。

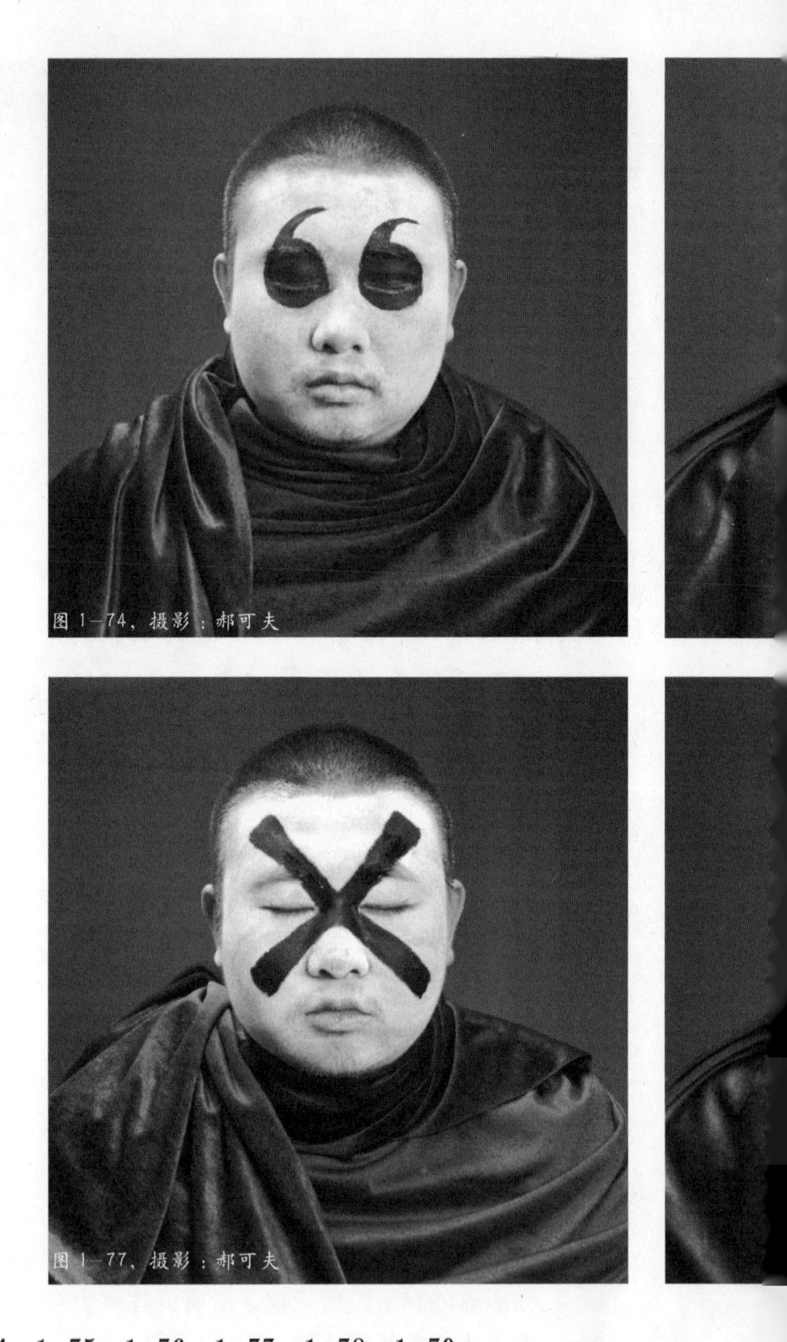
图 1—74，摄影：郝可夫

图 1—77，摄影：郝可夫

图 1–74、1–75、1–76、1–77、1–78、1–79：

典型的创意人像。人像成为创作理念的实施载体，画面呈现十分明确的符号化创作主题。

图 1–75，摄影：郝可夫

图 1–76，摄影：郝可夫

图 1–78，摄影：郝可夫

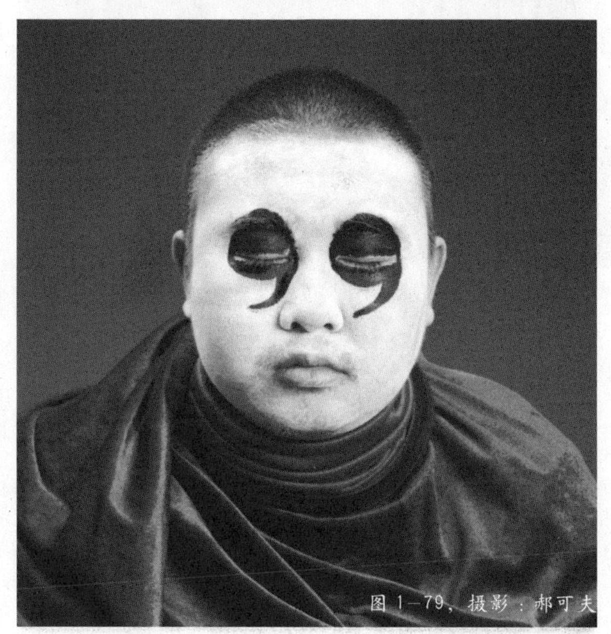
图 1–79，摄影：郝可夫

从以上有代表性的不同学生的人像系列作品中，我们可以隐约感受到学生在黑白摄影的中期阶段，已经将应用类影像和艺术类影像的创作手段融入拍摄过程，为未来拍摄综合作品做好了技术和心理的双重准备。

附录一：摄影用对数知识

曝光因数	ISO	光圈档位变化	对数
10×	1000	3 1/3	1
8×	800	+3	0.9
6.4×	640	2 2/3	0.8
5×	500	2 1/3	0.7
4×	400	+2	0.6
3.2×	320	1 2/3	0.5
2.5×	250	1 1/3	0.4
2×	200	+1	0.3
1.60×	160	2/3	0.2
1.25×	125	1/3	0.1
1×	100	0	0
0.8×	80	1/3	−0.1
0.64×	64	2/3	−0.2
0.5×	50	−1	−0.3
0.4×	40	1 1/3	−0.4
0.32×	32	1 2/3	−0.5
0.25×	25	−2	−0.6
0.2×	20	2 1/3	−0.7
0.16×	16	2 2/3	−0.8
0.12×	12	−3	−0.9
0.10×	10	3 1/3	−1

以上数据不仅应用于传统影像领域，对下一章的数字影像系统同样适用，请熟记。

从黑白到彩色

摄影感光测定及数字影像基本原理

第二章 数字影像系统

拍摄具有专业水准的数字影像，需要创作者具备摄影的综合知识，以及对数字深层技术的应用进一步探索的执著追求。

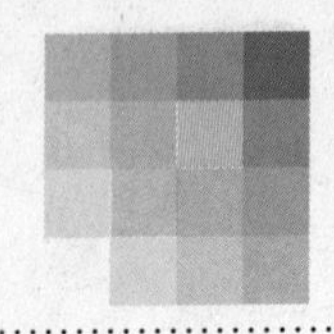

课程目的

获得数字化影像的渠道越来越便捷，但是要想得到高品质的数字影像，需要了解的知识点就不只是摁下数字相机的快门那么简单了。找到艺术创作的个性化与数字影像编辑处理的严谨之间的平衡关系，是每一个学生都要面对和思考的。我们将以逐步深入的色彩管理课程贯穿始终，以可视化的软件操控为指导，在品质控制的前提下最终完成具有高质量的艺术创意的数字影像。

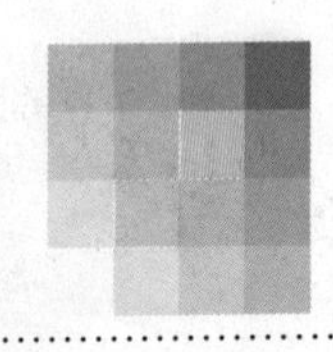

上课地点

公共教室，影棚，室外。

应用设备

专业数字相机，影室灯，三角架，测光表，灰板，专业计算机设备，专业图形图像软件。

数字影像系统内容结构

○光与色彩——光，色温，色彩的产生。

熟悉加色法与减色法，这既是传统彩色影像系统的“根”，也是数字影像系统的核心知识。了解色彩空间可以使我们知道自己在什么样的颜色环境里工作。

○影像的输入、影像格式——获取影像。

以正确的方式获得数字影像，并搞清楚影像以什么样的身份存在和传播是十分重要的。

○影像编辑、处理——不只是会用 Photoshop 那么简单。

传统摄影的暗房工作曾经令我们痴迷，而数字摄影的“冲洗”工作同样有我们施展拳脚的空间。

○色彩管理——令数字硬件之间准确地传递色彩、还原色彩。

我们需要耐心和细心地消化众多的不同于传统摄影的知识点。

○影像输出——多种多样的输出方式。

○数字影像系统的实际应用——数字影像的拍摄及后期编辑。

进行自由创意拍摄与创作，充分合理地调度现有资源，将天马行空的艺术表现力和规范的数字影像知识充分融合，创作出有艺术表现力的作品。

有了对传统黑白影像系统的透彻掌握，便有了准确理解数字影像系统的基础知识，当然，在深入数字知识的核心结构之前，还是让我们先借助传统彩色摄影中的关键内容来体味一下色彩知识的精髓，虽然在今天有众多的摄影人已经快将这些关键信息淡忘了。下面从对光的认识开始谈起。

一、光的性质及光波

光是摄影的核心，无论是传统还是数字摄影，都离不开“光”。

从太阳或其他光源辐射出的光投射到物体表面，被不同的物体表面接收和反射，形成不同的亮度和色彩。人眼依靠对此的感知了解物体的大小、形状、结构、质地等特性。

摄影是将反射结果真实记录下来的手段。摄影创造影像的过程与光线紧密相关，可以说，没有光就没有摄影。

对光的性质有很多科学的界定，与课程相关的有如下描述：

1. 光是由具有能量的粒子，即光子构成，光线越强，其所携带的光子数量越多。

2. 光在同一种介质中直线传播。

3. 光以波的形式传播，不同的波长呈现出不同的颜色。

值得一提的是，这里我们所说的“光”是指能够为人们视觉所感知的可见光。

可见光的波长覆盖为约 400–700 纳米（nm）的范围段。不同波长的光被人们感知为不同的颜色，所有可见光均匀混合产生白色光。

可见光谱（见图 2–1）大致分为：

· 400–500 纳米：蓝紫波段
· 500–600 纳米：绿色波段
· 600–700 纳米：红色波段

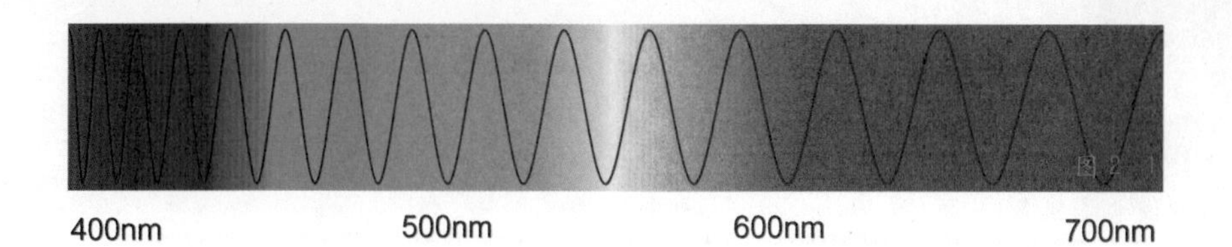

图 2-1

人眼对可见光谱以外的光波感知能力很弱，如波长小于 390 纳米的紫外线或大于 760 纳米的红外线等。胶片和数字记录体与人眼对光波的敏感度有差异，但对于通常的摄影活动影响不大。

二、色温

色温的概念严格说是针对全辐射体（黑体）而言。它表示光源之光谱特性。黑体辐射，又称浦朗克辐射，它的光谱能量分布会随受热温度的变化而变化，如打铁过程中，黑色的铁会随着温度的提高而显现出不同的光波，峰值波长随着红、橙、黄、绿、蓝的颜色而变化。

如果光源的光谱分布和黑体辐射相同，此时黑体辐射相对应的绝对温度称为此光源的色温。色温是以热力学温标开尔文（K）温标度量的。其间隔单位与摄氏温标相同，但零点为 −273.15℃。图 2−2 为浦朗克辐射图。

色温的概念原则上不适用于荧光灯，因为荧光灯的光谱与全辐射体相差很大，照明效果也不一样。

色温在彩色摄影系统及数字摄影系统中非常重要，只有正确了解各种光的色温，才能据此进行正确的色彩平衡和色彩再现。

一些常用光源的色温：

钨丝灯：2700 — 2900K

碘钨灯：3200K

中午阳光：5400K

闪光灯：6000K

蓝天：12000 — 18000K

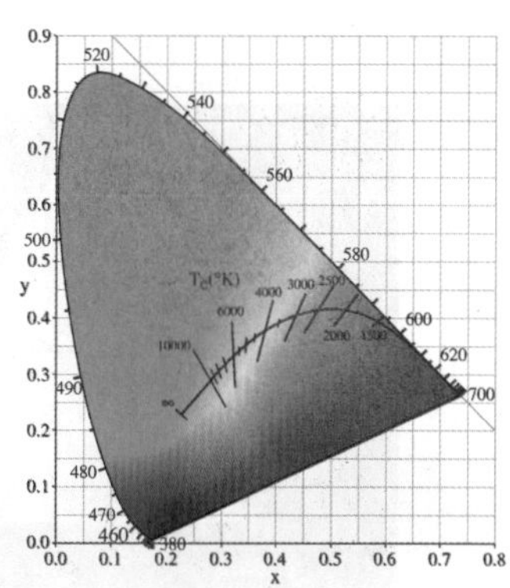

图 2−2

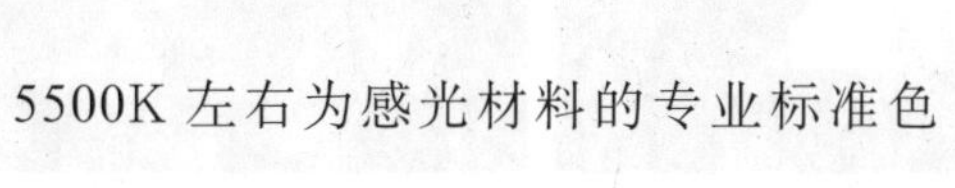

5500K 左右为感光材料的专业标准色温。

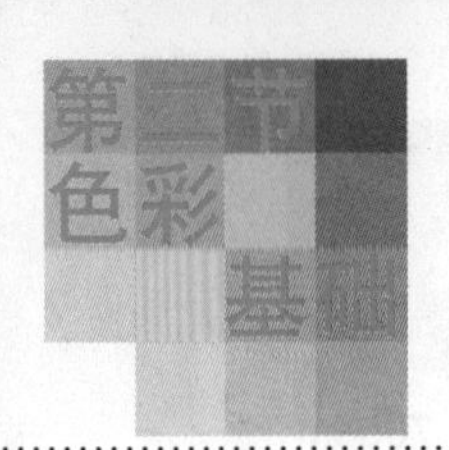

人通过视觉对色彩产生认知，并对色彩信息逐渐发生兴趣，由此建立对色彩的审美意识。自远古以来，人类通过绘画、雕塑、建筑等艺术手段直观地展现色彩的美感，今天的人们则可以通过摄影手段完成对色彩感受的记录、色彩信息的创造及传播。

人类的视觉神经对物体的色彩极为敏感，总是在第一时间捕捉到色彩的视觉印象，之后才对其质感和细节加以观察和分析。如此重要的色彩到底是如何产生的呢？

一、色彩的产生

一束太阳光经过三棱镜可以分解成可见光谱的彩色光带，如图 2–3 所示。我们所熟悉的紫、蓝、绿、黄、橙和红等色光都对应着光谱上不同的波长。

如果有第二个棱镜，就可以将已经分解的光重新组合成白色光。

假如在红、绿、蓝色光中各选取一部分并以恰当的比例混合，我们也能得到白色光。如果比例有所变化，能得到范围广泛的各种色光。因此，红（R）、绿（G）、蓝（B）三种色光被称为原色光，如图 2–4 所示。

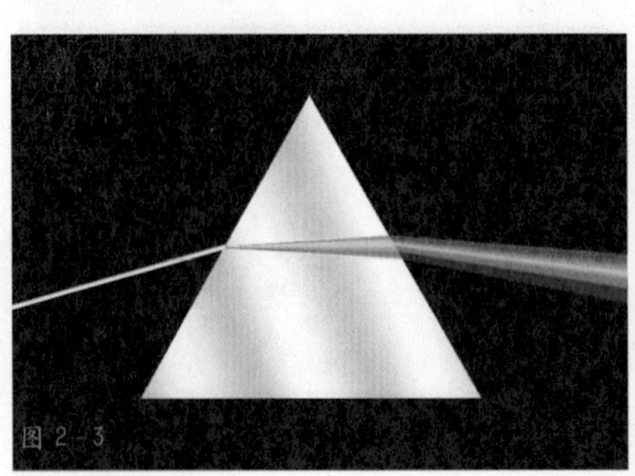
图 2–3

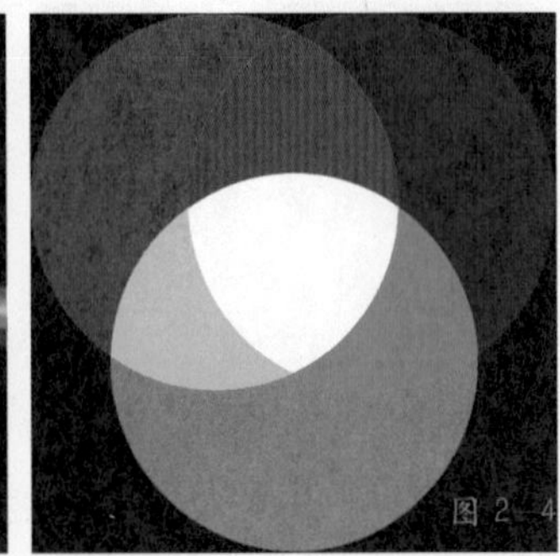
图 2–4

在人眼中有三组细胞分别对红、绿、蓝三种颜色具有敏感度，这是可见光能够被感知的原因。我们之所以看得见物体，是因为光线经由物体表面到达我们的眼睛，物体之所以看上去有颜色，是因为它吸收了某些波长的光，又反射了另一些波长的光。

如果一张纸在白光的照明下只反射入射光中的蓝色光而吸收了其中的红色和绿色光，那么就只有蓝色光会进入我们的眼睛，于是我们看到的是一张蓝纸。红纸、绿纸的原理相同。

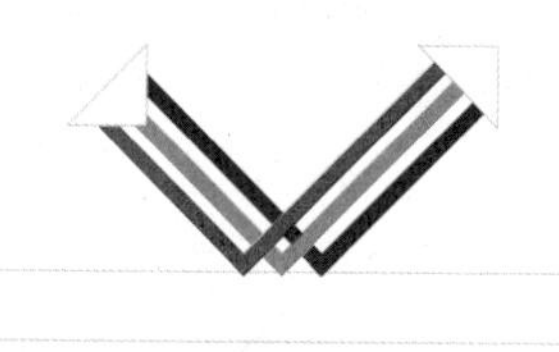

如果一张纸吸收了蓝色光而反射出红色和绿色光，那么它在我们眼中就是一张黄纸。

图 2—5

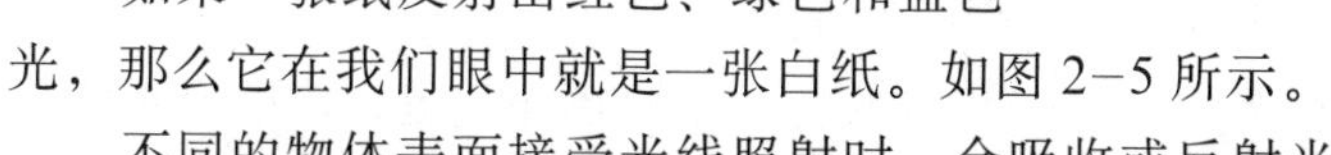

如果一张纸反射出红色、绿色和蓝色光，那么它在我们眼中就是一张白纸。如图 2—5 所示。

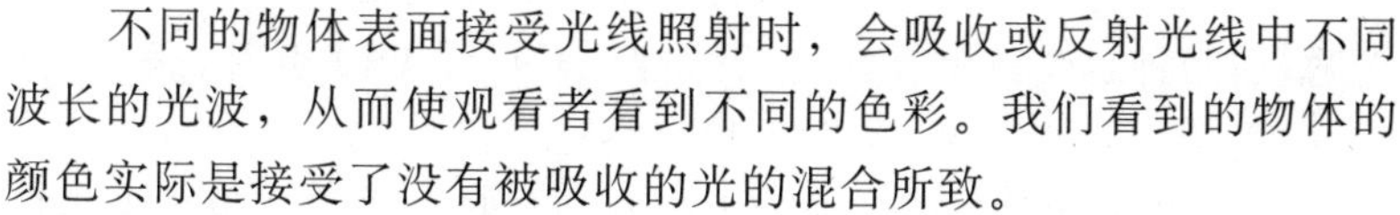

不同的物体表面接受光线照射时，会吸收或反射光线中不同波长的光波，从而使观看者看到不同的色彩。我们看到的物体的颜色实际是接受了没有被吸收的光的混合所致。

三原色光中的一种或多种光被完全吸收所形成的颜色称为纯色或饱和色。如果原色没有被完全吸收和反射，各种色彩的波长混合，某种波长占主导地位，那么其所呈现出的颜色纯度和饱和度就会发生变化，客观世界中千变万化的颜色藉此产生。

色彩是由人眼的物理反应和大脑对高出某种亮度标准的波长特性所作出的反应共同作用所造成的。各种色彩产生于人眼中三组感色细胞（感红、感绿、感蓝）被刺激的各个部分。这三种感色细胞的灵敏度相互重叠，具有正常视觉的人可以看出一定量的蓝色、绿色和红色光混合而成的任何一种颜色。正常人眼所看到的各种颜色的亮度不同。大多数蓝色与同明度的橙色和绿色相比会显得更暗一些。而即使是最深的黄色，也显得很亮。

色温、色光的细微变化，直接影响到彩色摄影的色彩再现。分析色彩在摄影尤其是数字摄影中起的作用，实际上是认知色彩在人们生理和心理上所产生的视觉效果，同时更是在研究数字色彩传递和还原的系统。

二、加色法和减色法

（一）加色法

用三种不同量值的原色光重叠相加形成各种颜色的方法称为加色法，如图 2-6 所示。

多种色光混合后所产生的色光为合成色光：

绿（G）、蓝（B）色光相加产生青（C）色光；

红（R）、蓝（B）色光相加产生品（M）色光；

绿（G）、红（R）色光相加产生黄（Y）色光。

当一种合成色光与相对的另一个原色光相混，能够产生白色光时，这两种色光就是互补色光，如青（C）、红（R）互补，品（M）、绿（G）互补，黄（Y）、蓝（B）互补。

以适当比例混合原色光可得到其他各种色光。三原色光相加则可得到白色光。

图 2-6

（二）减色法

减色法是用青（C）、品（M）、黄（Y）三种影像染料来控制白光中与之相对的补色光的量以形成不同的颜色，如青色可以从白光中减去红光。如图 2–7 所示。

两种不同的颜色混合生成另一种颜色，且颜色混合的次数越多，得到的颜色就越灰暗混浊。如果三种染料的量得以精确平衡且浓度都很高，就可以得到近似于黑的褐棕色。在实际应用中，由于颜料的化学成分和材质吸收等原因，三色混合不会产生真正的黑色，打印时要多加一个黑色（K）作为补充，才能得到真正的黑色，因此减色法也简称为 CMYK。

减色法主要是通过染料、颜料或滤镜等手段来实现。通过青（C）、品（M）、黄（Y）三种颜色去吸收、阻挡与之相对的原色光。任何两种合成色相叠，都会有两种原色光被阻挡，而它们共同含有的第三种原色光则可以被透过或反射。

图 2–7

三、色相、饱和度和明度

从摄影角度观察色彩，我们不仅要具备属于绘画范畴的写实色彩光源色、环境色等的相互关系和变化规律的知识，更要深入研究色相、饱和度、明度之间的科学规律。

以人的视觉系统为标准来看，色彩用色相、饱和度、明度来描述会比较清楚。这三个特性构成了色彩三要素。

理解色彩三要素可以从1915年正式发布的孟塞尔色立体入手，其对色彩的观察和研究是从直观的角度介入的——把色相、饱和度、明度这三方面的信息和地球的形状对应起来，以代号表示色彩，构成直观的色立体。实际的孟塞尔色立体像一个扭曲的偏心球体，如图2-8所示。有过绘画经历的人都知道，孟塞尔系统是传统颜料系统色彩研究的代表。它以颜料色彩为研究对象，确定颜色的分类与标定，偏重对色彩的逻辑心理与视觉特征等属性进行分析。图2-9为色立体的展开分析图。

颜色的变化决定色相的变化，色相的变化则可以理解成在赤道圈上的变化，红橙黄绿青蓝紫围绕着赤道圈连续变化。色相是认识色彩的关键，只有敏锐地识别色彩的这个最基本的特征，才能准确地理解色彩。

明度是色彩的明亮程度。明度的变化可以理解成从南极到北

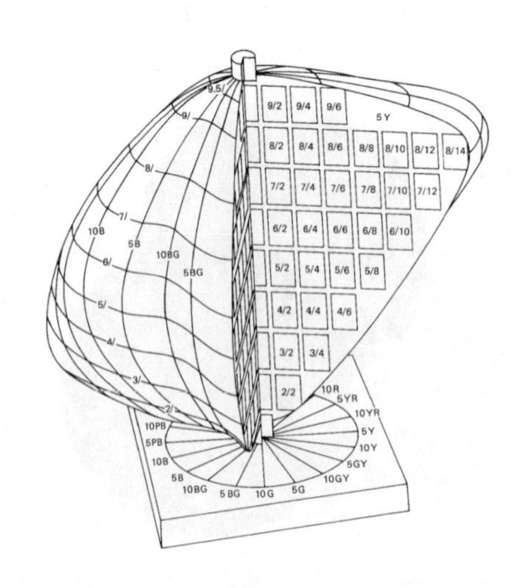

图 2-8

极的纵轴上的变化，其中南极是最暗的黑色，北极是最亮的白色，地心是中性灰色。当然，在摄影中，明度的变化与光照强度及形体转折有直接的关系，明度变化的亮、暗差别一般称为明度对比。

饱和度是色彩纯粹的程度，其变化可以理解成从赤道圈上最纯的高饱和度颜色向明度轴中性色过度的渐变过程。饱和度最高的色彩是不含黑、白、灰的纯色。

事实上，真正的色立体没有这么简单，是由不同细节构建起来的不同体系，其形状也不是简单的圆形。但是有了孟塞尔色立体这个形象的球体作参考，无疑便于人们理解复杂的色彩系统。可以说，孟塞尔系统是数字色彩理论的重要参照。

色相、饱和度、明度的倾向性变化会导致色调的改变。有时，影像给我们的整体视觉感受可能是红调或绿调，也可能是亮调或暗调，可能是强烈的对比色调，也可能是灰暗的浊色调……这是因为实际工作中我们对色彩的应用是多方面、多角度的，一些客观的物理因素影响着我们对色彩的认知，更有主观的心理因素影响着我们对色彩的感性接纳程度。因此在着手创造影像之前，我们可以根据需要定制调性，或者在后期制作时应用数字手段对影像进行调性调整。

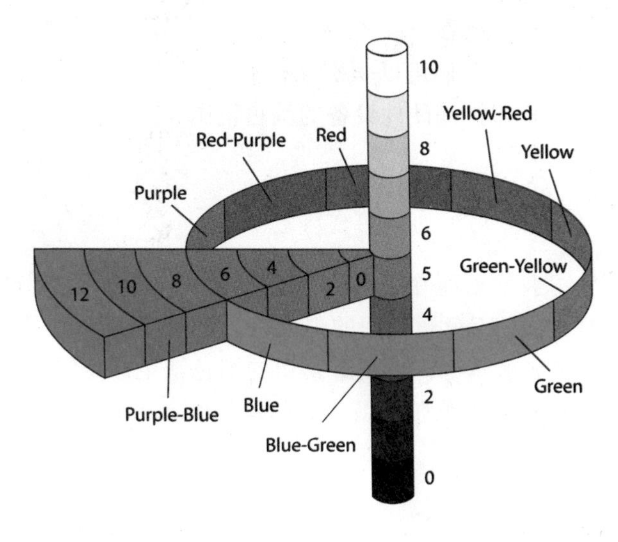

图 2—9

四、色彩空间

（一）CIE空间

现代色度学通用的国际色彩标准是由国际照明委员会（International Commission on Illumination，简称CIE）于1931年颁布的以CIE－RGB光谱三刺激值为基础，统一"标准色度观察者光谱三刺激值"的现代色度学CIE XYZ（1931）系统。数字色彩则是以现代色度学的混色系统和计算机图形学为基础，融合传统艺用色彩学的色彩分析，并作了进一步拓展。

CIE XYZ系统是以x、y、z作轴的三维锥形色彩空间，包含了所有的可见光色。其中x代表红原色，y代表绿原色，z代表蓝原色，三个原色为理想色。CIE XYZ系统虽然是标准的色度图，但用其确定色彩并不是很直观，当我们引入亮度因数（Y）后，加上原有的表示色彩特征的色度坐标，其对色彩的描述才被CIE xyY空间唯一地确定。图2－10是以CIE xyY模式显示的某RGB色彩空间。

还有一个我们常接触的CIE系统色彩空间表述方法是CIE xy系统，它是二维空间的CIE色度图。如图2－11所示。

CIE色彩空间本身是与设备无关的色彩描述方法。通过色彩空间图，我们可以识别互补色，定义色域，比较显示器、数字相机、打印机等硬件设备的颜色范围。

（二）RGB空间

我们前面介绍的红（R）、绿（G）、蓝（B）三原色光，就是构成CIE色彩空间的理想色。RGB是显示器及其他数字设备显示色彩的基础，也是最常用的加色法色彩空间。图2－12显示的是不同的RGB色域范围，这些是与设备相关的色域。

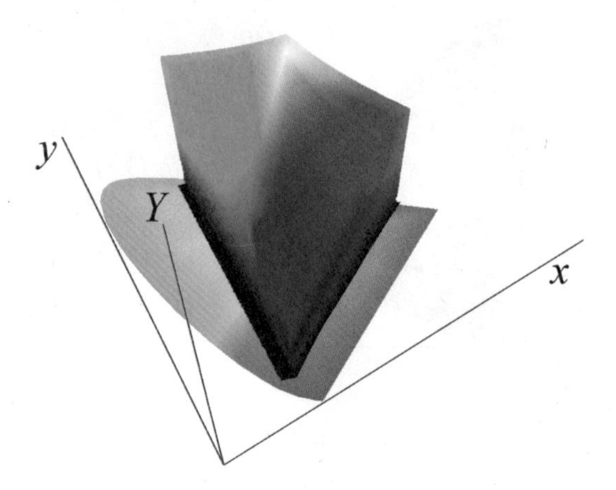

图 2—10

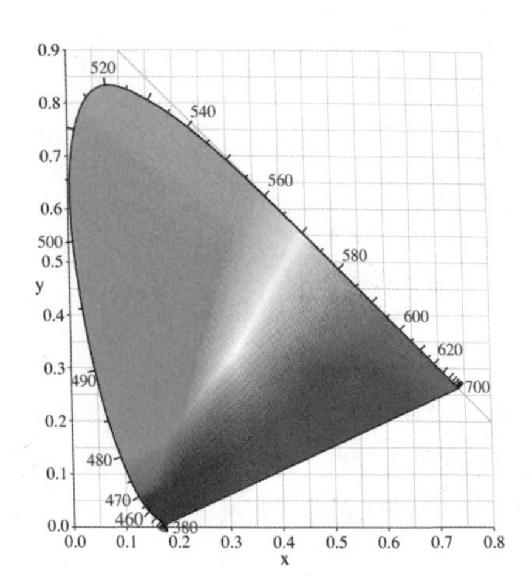

图 2—11

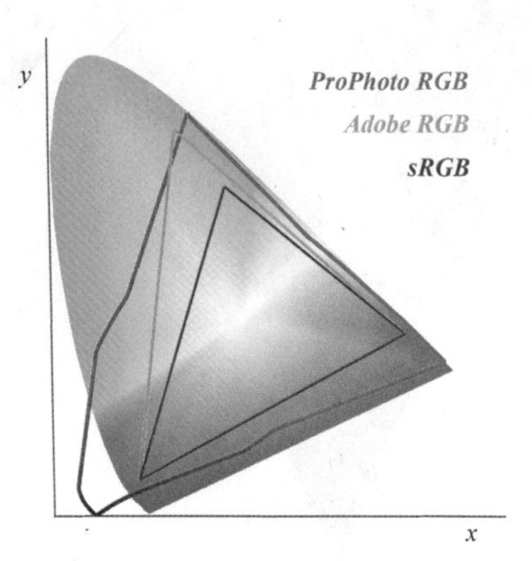

图 2—12

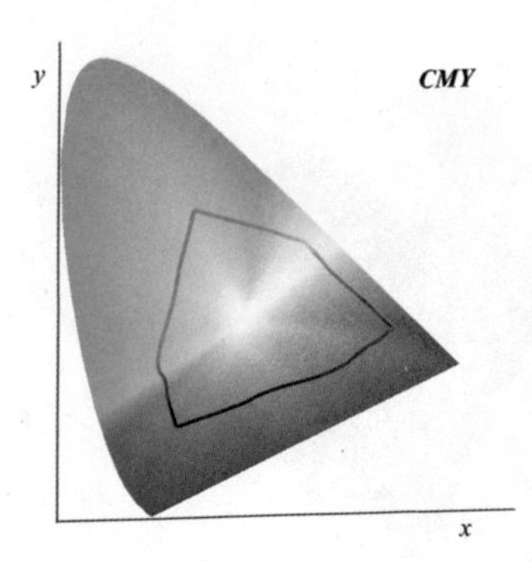

图 2—13

（三）CMY空间

前面提到的减色法中的青（C）、品（M）、黄（Y）也是与设备相关的色彩。CMY色域主要涉及打印、印刷设备。C、M、Y颜料借助纸张等材质打印成图片后，我们通过反射光来感知图片颜色。CMY色域在数字色彩中也十分常用。如图2—13所示。

CMY和RGB色彩空间是同一物理量的不同表示法，因而它们之间存在着相互转换的关系。影像在被编辑使用时多数应用RGB空间显示，如要印刷，则转换成CMYK印刷分色图，用于套印彩色印刷品。

（四）HSV空间

通过孟塞尔艺用色彩系统，我们了解了色彩的主观三属性：色相（Hue，记为H）、饱和度（Saturation，记为S）、明度（Brightness，记为B）。同时色彩还具有客观三属性：主波长、纯度和亮度。这三个可以用仪器测量的物理量与色相、饱和度及明度是等效的。根据理想的CIE xyY色彩空间，我们可以演

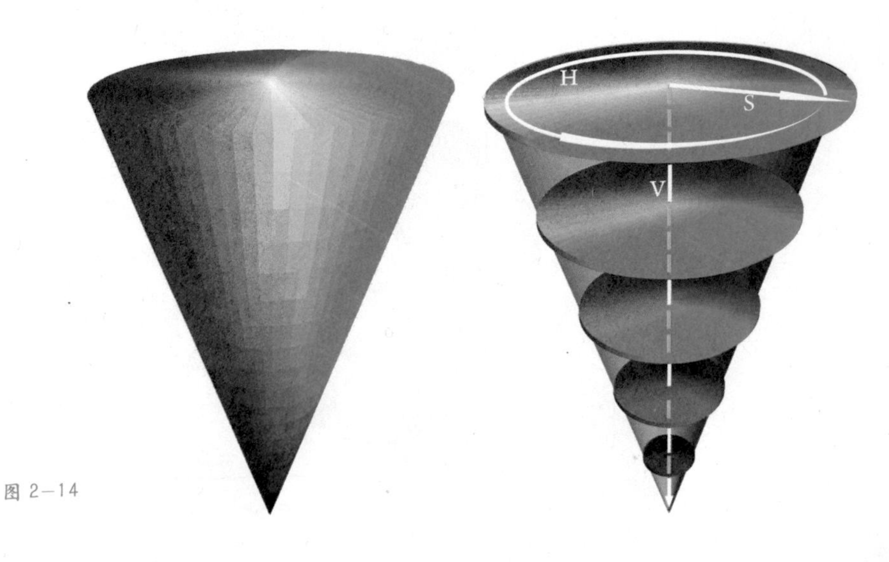

图 2—14

变出与孟塞尔系统相似的倒锥型HSV色彩空间。它的色彩描述方法很直观，是基于使用者的色彩空间。不含黑色的纯色都在锥体顶面的色平面上。色相环（H）围绕中心轴V旋转，且每相隔60度为一标准色，分别是红、黄、绿、青、蓝、品。明度沿中心V轴变化，顶端为白色（V＝1），底端为黑色（V＝0），V轴表示无彩色的灰度变化。色彩饱和度（S）沿水平方向至边缘变化，轴中心的色彩饱和度最低（S＝0），最高饱和度的颜色位于边缘线上（S＝1）。其色平面（H、S）的基础是CIE色度图的x、y平面，明度（V）的基础是CIE色度图的亮度因素Y。变化示意图见图2－14。

（五）HSB空间

前面探讨的这些色彩空间是理解数字色彩的核心知识，不过我们每天打交道的常用图形图像类软件如Photoshop中应用的却是HSB色彩体系。如图2－15所示。它们之间到底有什么关联呢？

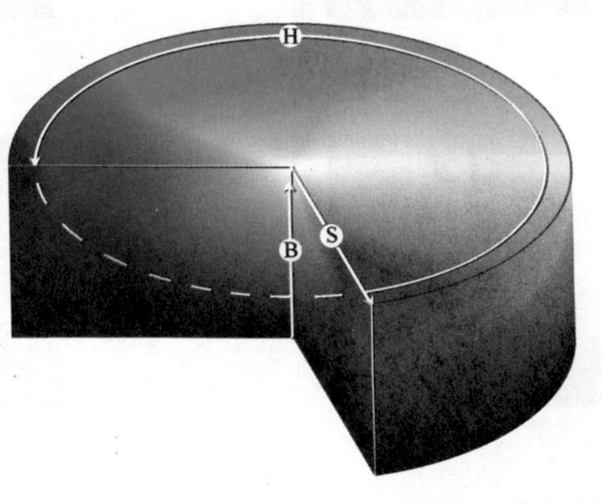

图 2－15

HSB色彩模式在图形图像软件的色彩汲取窗口中才会出现。H表示色相，S表示饱和度，B表示亮度。其H、S标度与HSV色彩模式等效，B相当于V。用圆柱示意模型来理解HSB色彩模式最方便，能把相对抽象的充满物理量的色彩空间转化成与我们最为接近的展现方式，使用时更易于操作。

如果对HSV色彩空间有足够的认知，使用HSB色彩模式就会十分得心应手。如图2－16所示。仔细观察会发现，利用H数值每隔60度为一个色彩差别来划分，很容易就可以输入希望得到的色彩数值。

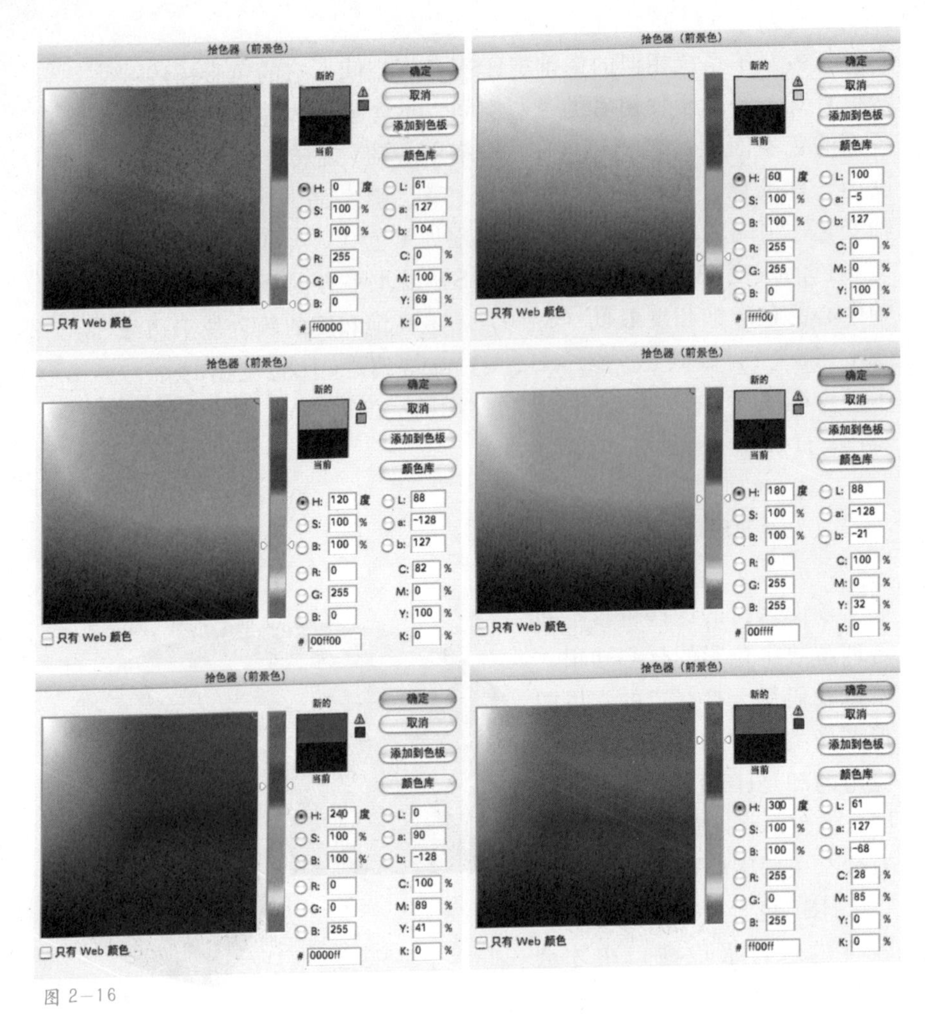

图 2–16

（六）CIE Lab色彩空间

为了使色彩在视觉方面“均匀化”，人们不断对CIE系统加以改进和发展。1976年，CIE推荐了新的色彩空间，即CIE Lab（1976）系统，色彩的均匀性有很大改善，目前已成为各国采纳的通用标准。它适用于一切光源色或物体色的表示与计算。CIE Lab与CIE XYZ的马蹄形光谱轨迹不同，它使用直角坐标体系来表示，形成了对立色坐标表述的色彩空间，如图2–17所示。L表示明度，+a表示红色，–a表示绿色，+b表示黄色，–b表示蓝色。该系统与设备无关。图2–18是以Lab模式显示的Adobe RGB与CMYK的对比图。图中框架部分显示的是Adobe RGB色域，连续色彩部分显示的是CMYK色域。

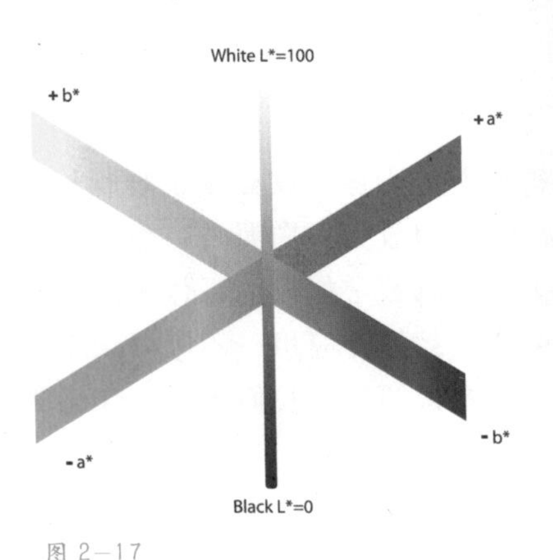

图 2—17

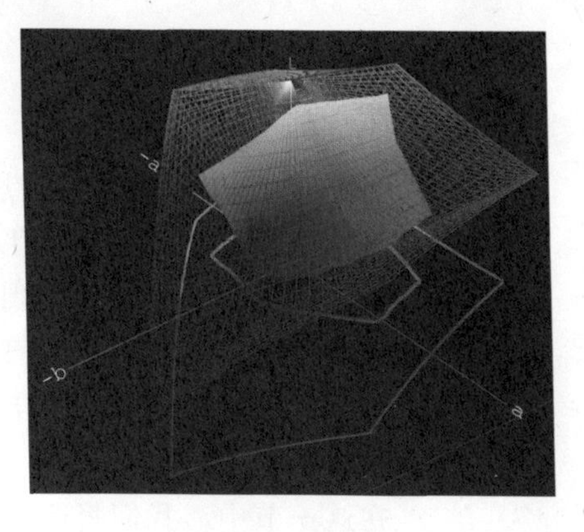

图 2—18

（七）色彩之间的转换

人们通常用三个相对独立的属性来描述色彩，这些独立变量自然就构成了色彩的空间坐标。当色彩从不同的角度，被不同的属性加以描述时，就构成了不同的色彩空间。被描述的色彩本身是客观的，不同的色彩空间只是从不同角度去衡量色彩的同一个物理量。因此在可以产生数字色彩的图形图像软件中，色彩模式是能够相互转换的。比如在RGB模式里输入色彩数值，立刻可以看到它换算成CMYK、Lab或HSB等色彩模式的对应数值。

（八）小结

孟塞尔系统早于CIE XYZ（1931）系统出现，色域范围也小于CIE系统。因此孟塞尔系统主要应用于绘画造型艺术领域。数字色彩从传统艺用色彩发展而来，其系统更完整，并结合现代色度学、计算机图形学构成了开放式体系。CIE系统主要针对光学色彩，实用于相关工业应用领域。

作为专业数字摄影工作者，我们一定要更宏观地审视色彩世界，充分掌握加色法色彩模式，正确使用数字手段来获取色彩，并控制打印输出的全过程。使用Photoshop时，最好在Lab模式下编辑调整数字影像色彩，以获取最佳结果。Lab模式下的调色方法请参见《Photoshop Lab修色圣典》①。

① 《Photoshop Lab修色圣典》，〔美〕Dan Margulis 著，袁鹏飞译，人民邮电出版社2007年版。

昨天的我们，如果想要获得专业的影像，就必须了解胶片和冲洗药水，要钻进暗房，慢工出细活地放大黑白照片；今天的我们，想要获得专业的影像，则需要了解数字相机的工作原理和各种选项的准确设定，熟悉计算机的软、硬件应用，不厌其烦地调整屏幕上的数字图像。有了丰厚的知识储备，我们可以创作出更优秀的影像作品。

在这一节中，我们将花很多的时间来分析一些细节，为优质地完成数字化影像创作做好准备。

一、相机

传统相机拍摄的影像是将被摄景物发射或反射的光线通过镜头记录在胶片上的。经过物理和化学方法保留的卤化银影像，经过暗房印放，其照片效果几乎是不能改变的。而数字相机就不同了。它的光学镜头部分和传统相机一样，但它的运算、记录部分却相当于一部微型计算机。

近几年来，数字技术突飞猛进，一批具有全画幅（135画幅）尺寸CCD或CMOS的小画幅单反数字相机开始大量涌现，令使用者不用再考虑镜头折算系数，就可以和原有的光学镜头很好地结合使用，如图2–19。用于中画幅（120画幅）相机的数字后背也在快速发展并被应用于高端拍摄工作，给使用者带

图 2–19

来极大的方便。

数字影像显现着人所共知的优势：能实时查看，能迅速输入计算机，能便捷地被编辑修改和通过网络传播。

进行影像创作，不需要唯器材论。什么器材适合就用什么器材，无论是专业级的还是非专业级的。专业级器材的优势在于拍摄存储的影像文件数据量大，后期应用范围广。

二、了解关键信息

数字相机和传统相机在光学部分没有本质区别，但由于记录介质的不同，导致两者的工作方法存在着根本的不同。使用传统相机拍摄需要丰富的经验及准确的预想判断，使用数字相机则要求在工作现场边拍边修正，使用者对数字器材的熟悉度要高，对菜单、软件的了解要细致准确。

我们已经十分适应生活在“菜单”里，通过点击各级“菜单”，获得不同类型的结果。但关键是，我们要清楚地了解各种主要设定显示信息意味着什么。

（一）色温的选择

通常摄影时，以白色光（日光）照明为前提。不同的光源对物体所呈现出的颜色有很大影响。例如从日光到钨丝灯，是从一个连续光源到另一个连续光源的转变，这是具有完全不同的能量分布的转变。这种变化在人眼中有时不易被有效察觉，因为人眼的色适应特性令人眼能够持续不断地把物体视为在日光照明条件下的样子。对人的视觉而言，光源对色彩的影响似乎并不会构成什么问题，但记录载体却不能像眼睛那样对不同的光线进行调节，光源的变化对色彩还原产生了巨大影响。准确

图 2-20

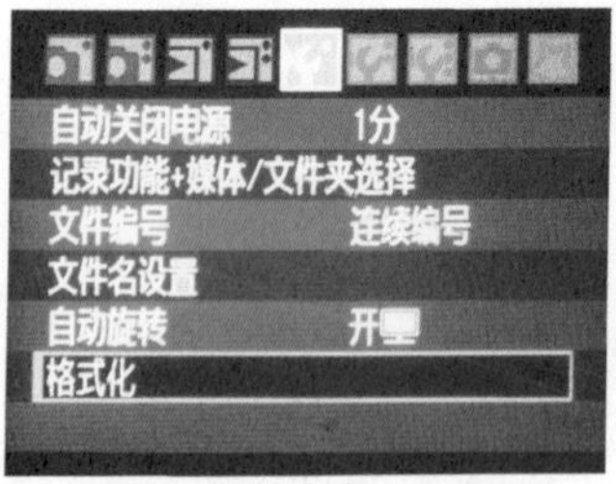

图 2-21

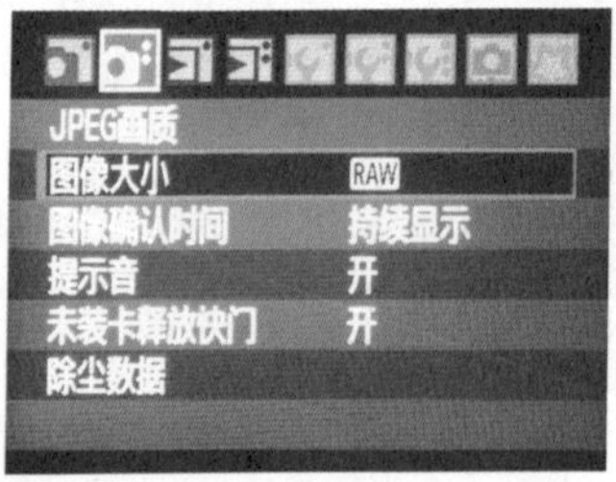

图 2-22

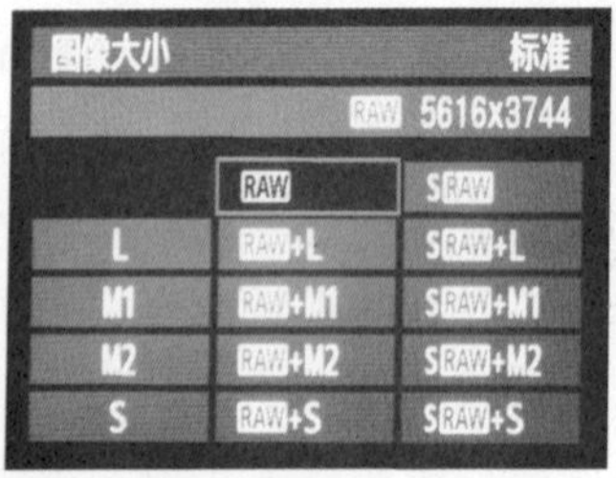

图 2-23

了解光线本身的特性及其对色彩的影响，才有可能在摄影中驾驭色彩（对色温的具体阐述见本章第一节）。

针对不同目的及所使用的记录载体类型去选择相应的光源，或根据不同的光源选择合适的记录载体以再现客观事物的面貌，这在传统彩色摄影中尤为重要。传统彩色摄影使人们记录真实的多彩世界成为可能。但由于胶片本身的色彩属性差异，加上传统相机没有瞬间改变色彩空间的功能，因此准确还原拍摄时的真实色彩就需要花费很多的精力，根据光源添加色彩转换滤镜、彩色补偿滤镜、荧光灯滤镜都是曾经很实用的方法。而数字摄影的解决方案则简单直接，随时可以根据现场光线调整色温（白平衡）。

在专业数字相机的设置选项里，操作者不仅可以根据图标快速选定光源类型来正确设置色温，而且可以详细设置具体的色温数值，如图 2-20 所示。

（二）格式化存储卡

需要注意的是，在开始新的拍摄工作之前，我们应对存储卡进行格式化，如图 2-21所示。不要等到拍摄完成之后，与计算机相连读取数据时发现影像文件没有存储而悔恨。有效的格式化方法是运用相机菜单里的格式化设定对存储卡进行“格式化”操作。

（三）存储格式的选择

早期的数字相机不仅在影像清晰度、

色彩还原、宽容度等很多方面都不能与传统相机媲美，而且各品牌相机的存储格式也是各自为政，导致使用不便。随着技术的进步，获得具有优良画质的数字相机已经不再高不可攀。既想得到高画质影像，又想后期进行较大余地的数字处理和编辑，就要选择专业数字相机提供的RAW拍摄格式，如图2-22所示。如果需要，也可以在拍摄时将RAW和不同大小的JPG格式进行组合，如图2-23所示。

（四）色彩空间的选择

目前，专业的数字单反相机及高端消费型数字相机一般都有Adobe RGB和sRGB两种色彩空间可供选择，普及型数字相机往往只有sRGB这一种色彩标准。数字相机拍摄时该选择什么色彩空间，它对数字影像色彩质量有何影响？在谈这些之前，先来看看Adobe RGB与sRGB的区别。

Adobe RGB和sRGB色彩空间的主要区别在于：

1.开发的时间和开发的厂家不同。

sRGB色彩空间是HP公司和Microsoft公司合作的成果。此技术于1997年被两公司共同开发并作为开放型标准向业界提供。此后，由于其产品在市场中占有率高、应用范围广，众多的计算机硬件和软件开发商纷纷应用其标准，采用sRGB色彩空间作为其产品的色彩空间标准。

Adobe RGB色彩空间则是由研发出了业界著名的Photoshop软件的Adobe公司于1998年推出的色彩空间标准。

2.两者所包含的色彩范围不同。

Adobe RGB色彩空间比sRGB色彩空间更宽广，色彩层次更丰富。因此，Adobe RGB和sRGB两种色彩空间在色彩表现上有所区别。

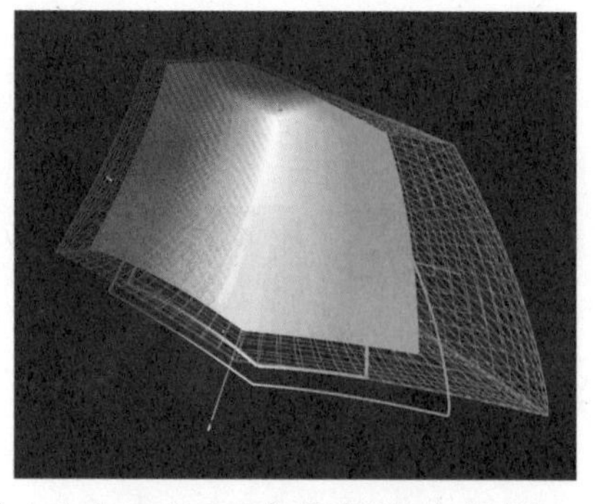

图 2-24

图2-24中，框架部分显示的是Adobe RGB色域，连续色彩部分显示的是sRGB色域。通过比较，我们能够清楚地看到Adobe RGB包含了sRGB不能完全覆盖的色彩空间。因此Adobe RGB色彩标准在摄影、设计、印刷等领域具有更明显的优势。

因此，如果是拍摄商业广告或为了长期保存，拍摄前在菜单的设置中应选择Adobe RGB色彩空间，以获得更佳的色彩层次，并在印刷品中加以实现。

但是，如果是其他情况，考虑其他因素，选择就有变化了。因为拍摄数字文件的目的不只是用于印刷。尽管sRGB色彩空间有其不足，但它也具有自己的优势。sRGB的2.2γ值几乎能完美地匹配计算机和周边的视频显示设备。如果图像的最终浏览是用于电视、动画、Web设计、教学投影演示等网络或是屏幕终端，用sRGB便可以满足保持协调一致的色彩还原需求。

需要注意的是，用Adobe RGB色彩空间拍摄的影像转化为sRGB色彩空间后，色彩的表现会出现损失，而且这一过程是单向不可逆的。反向转换时我们则只能得到软件运算的仿真色彩，因为sRGB色彩空间所包含的色彩比Adobe RGB色彩空间的少。

三、矢量图与位图

人们在日常生活中能够接触到的图像多是模拟信息。为了令计算机能够识别，就要将影像数字化并存储为一定的格式。

以计算机的指令来描述图像点、线、面等信息的图为矢量图。矢量图是从某基准点向某像素引一条线段，用线段的长度与角度确定像素的位置。

以像素点来描述图像的图为位图。位图是将一幅图像的像素按照纵横方式排列的。

图 2—25

矢量图和位图有着很大的不同。以输入的英文字母为例，图2—25左侧是位图，右侧是矢量图。

矢量图是由计算生成的，可以无限放大，且图像边缘仍然平滑，主要用于设计领域。Illustrator、InDesign、Flash等软件直接生成的图形图像即为矢量图，用鼠标拉大拉小都不会影响图像的质量。

位图则多是通过数模转换获取的模拟图像，数字摄影和扫描获得的图像即是位图。一幅位图生成时的原始信息及尺寸是固定的，不能无限放大，否则图像边缘会形成锯齿状。而且在信息不增加的前提下，尺寸增加，位图的分辨率不改变，只能靠插值产生虚拟信息。这通常不是我们想要的结果。Photoshop、Painter等软件主要用于处理和编辑位图。

四、图像的大小

数字影像的黑白模式一般从最黑至最白分成0－255级，共256级，即2^8，也就是说该影像是8位的。数字彩色图像中的每个像素都由R、G、B构成，每个R、G、B通道的信息用8位记录色彩深度。0表示色彩强度最弱（即没有色彩）的状态，呈黑色，255表示色彩强度最强（即色彩最饱和）的状态。当三个颜色通道数值都是0时，表示该区域呈黑色；当三个颜色通道数值都是255时，表示该区域呈白色；其他色彩数值的组合表示呈现各种不同的颜色。这样所记录的色彩可达到$2^8 \times 2^8 \times 2^8 = 2^{24}$，即约1677万种颜色的变化。由此得到的影像彩色深度为24位，基本可以反映原始信息的真实色彩，称真彩色。

在使用数字相机时，分辨率是固定的，能改变的只是构成文件的像素量和压缩比例。所以拍摄同一个场景，由于设定不同，得到的文件数据量大小差别很大，影像质量也会差别很大。数字图像如果有足够的分辨率及图像深度，影像就越逼真，数据量就越大。

在进行数字影像创作之前，要以最终使用的媒介来确定图像参数。如果要用于大幅面后期展示，文件量就要大，尺寸和分辨率等就要相应增加。如果最终用于网络传输和浏览，就要在尽可能不影响观看阅读的前提下压缩数据量，减小尺寸和降低分辨率。

由于格式不同，图像数据量的差别会很大，我们下面谈一下和文件大小直接相关的图像格式。

五、图像格式

图像格式有很多，和数字摄影直接相关的常用图像文件格式有如下这些。

（一）TIFF格式

TIFF（Tag Image File Format）是国际通用的图像存储格式，几乎适用于所有图像处理和浏览软件。TIFF的优势在于对图像没有压缩和损失，支持每通道8位单层RGB图像及每通道16位多层RGB图像。因此，TIFF通常被作为打印和印刷输出的最终格式。早期的数字相机支持TIFF格式拍摄和存储，但由于太占用存储空间，现在已经不在拍摄过程中使用了。

（二）JPEG格式

JPEG（Joint Photographic Experts Group）是最普及的图像存储格式。它适用于所有图像处理和浏览软件、网页浏览器，以及现今所有数字相机。它可以把图像文件大小压缩至10%－20%。JPEG是有损压缩，同样支持每通道8位单层RGB图像。如果数字图像数据量太大，会既占空间又影响传输速度，此时JPEG格式是个不错的选择，因此JPEG有其存在的价值。

人的视觉对于图像边缘的变化、色度的变化不敏感，而对亮度的变化敏感度高。利用人眼这一视觉特性，有针对性地简化不重要的数据，只要压缩的数据不太影响人眼主观接受的结果，就可采用JPEG格式。要注意的是，压缩比越小，压缩后的图像文件数据量越小，图像质量的损失就越大。

（三）RAW格式

RAW文件是随着数字相机技术的发展而逐渐成熟起来的图像存储格式。从严格意义上说，RAW文件不是图像文件，而实际上是记录了被摄场景全部信息的数据包。虽然每个像素只获得一种颜色，但这些储存在RAW文件里面的数据经相机内置图像处理器的运算后最终可计算出三个颜色通道的数值，从而用于导出最终的JPEG或TIFF图像。目前有多种特定软件能对RAW文件进行转换编辑处理。

面对被摄场景，我们通常很关注整体画面的动态范围（动态范围指的是图像中从“最暗”至“最亮”的范围）。动态范围越大，图像层次越丰富，其所囊括的色调范围也就越广。我们手中的数字相机的动态范围越大，它能真实记录的暗部细节和亮部细节就越细腻。

常用的数字图像JPEG压缩格式通常会在计算过程中省去部分RAW数据包中的暗部细节和高光细节，最终解压后，我们是得不到这些应有的细节信息的。而RAW格式则记录了原始的动态范围，且在后期处理时，可以根据拍摄者的需求进行曲线调整和处理，最终使输出至显示器或打印时，获得适合观看的动态范围。

（四）结论

虽然TIFF文件保留了每种颜色通道8位的信息数据，但文件量比RAW大；JPEG通过压缩图像原文件，减少了文件量，但其压缩以牺牲质量为代价。因此可以说，RAW格式是二者的平衡：既能使图像的质量和色彩得到很好的保证，又能节省储存空间（相对于TIFF格式而言）。现在多数高端数字相机都支持RAW格式的文件存储。拍摄时，我们可以选择RAW+JPEG模式。在计算机上用于快速浏览和选片时用JPEG文件，用于精细调整时用RAW文件。

我们运用专业编辑转换处理软件对数字相机拍摄的RAW文件进行处理时，可以对RAW格式图像的白平衡、色阶、颜色和锐度等众多的参数进行细致调整。由于RAW文件本身拥有12位数据，因此我们通过软件便可对原始图像的高光及暗部细节进行微调。而这在每通道8位的JPEG或TIFF图像中几乎无法做到。

相机参数的某些设置，比如色温、色彩空间的选择、图像质量等，只对JPEG图起作用，RAW文件则不受此影响。例如在色彩空间的设置方面，如果我们选择Adobe RGB或者sRGB色彩空间，只是将此设置应用于JPEG图像。RAW文件记录的影像信息是原始信息数据包，最终在软件中导出时可以指定色彩空间，如可以导出ProPhoto RGB等色彩空间。

图2-26中，最外层的框架部分是ProPhoto RGB色域，里面中间部分的框架是Adobe RGB色域，最里面才是sRGB色域。因此，在进行后期图像转换时，我们应该根据需要选择色彩空间。这是后话，留到本章第五节色彩管理中再详述。

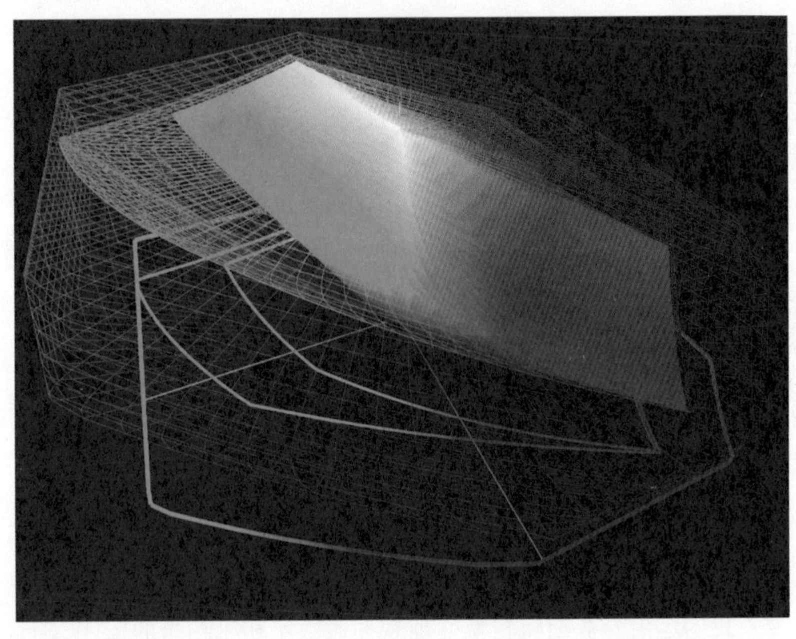

图 2-26

六、有关曝光

虽然在存储方式上数字文件和传统胶片有巨大的区别，但是被摄景物的亮度范围没有变。被摄景物亮度的变化通常超出7档光圈范围，在强烈阳光照射下的室外环境甚至达到10档光圈范围的大比值变化。传统黑白影像系统通常可以准确记录和还原7档光圈范围内的影调关系。专业数字相机拍摄的RAW文件经专业转换软件的处理，已完全不逊于传统负片。如果精心调整，甚至可以超越传统负片的还原效果。当然，我们在拍照时还是应尽量参考直方图的显示，使暗部细节及高光纹理都处在可接受的范围内，以便给后期调整留下更大的操作余地。因此，传统摄影时所用的区域曝光原理在数字摄影时仍是不二法则。要说二者有什么区别，那就是现在用数字手段来体会区域曝光原理更加直观了。

数字相机的传感器在曝光过程中，会有数百万甚至是数千万个像素吸收光子，然后转化成数字信号，之后成像。这就仿佛是在拿百万、千万个水桶收集雨水。自然景物越明亮的区域，最终收集到的光子量就越多。传感器曝光后，由于每个像素收集的光子量不同，其转化为数字信号的数值也就不同。没有吸收光子的数值为0，代表纯黑色；吸收光子至满载的数值为255，代表纯白色。

传统胶片的曝光量变化反映在D LogE曲线上，如图2-27所示，到达肩部（高光所在的区域）之后的信息虽然在密度上不再增加，也就是说高光不再变化，但最终印放时只要对局部做加光处理，仍能将高光部分的细节加工出来。

数字相机传感器记录的信号一旦满载，光子便会溢出。溢出会导致高光部分的细节损失，形成曝光过度。如果为了防止高光溢出而大量减少曝光时间，体现暗部细节变化的

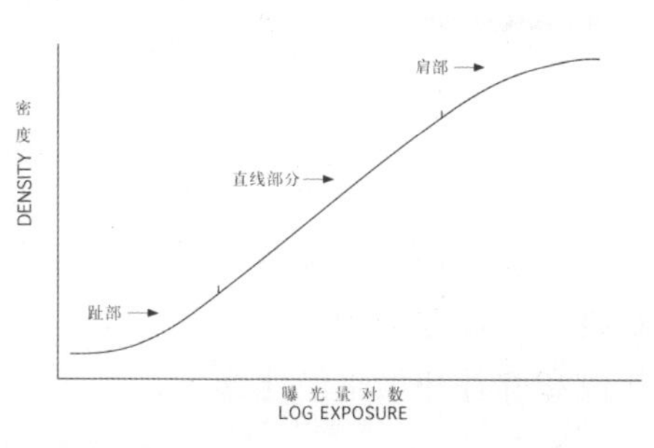

图2-27

像素就无法接收到足以形成曝光的光子量，由此得到的数字信号的数值为0，会导致暗部细节的损失，形成曝光不足。因此面对有很大亮度变化的场景，我们还是要精心选择拍摄范围，令画面既能保留丰富的暗部细节，又能表现细腻的高光细节。

如果我们可以对被摄环境进行人工布光的话，就应尽量将场景的光线变化控制在纹理幅度范围之内，这样拍摄的数字文件在直方图上显示时就不会看到损失了，如图2-28所示。在拍摄前，我们应首先用测光表准确测光，选取适合的曝光值拍摄。在正式拍摄前，可以先拍摄一张样片，通过数字相机LCD显示屏回放。专业数字相机通常会以闪烁方式显示图像过曝的部位，如果出现过曝，可根据需要决定是否略微调整曝光数值。

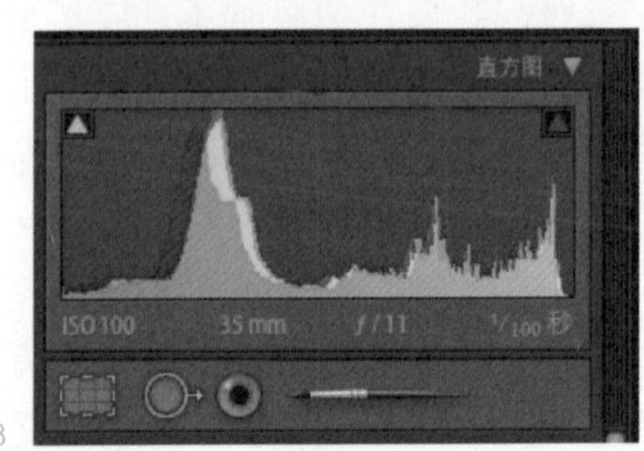

图2-28

需要注意的是，即使RAW文件的后期编辑处理软件可以进行曝光、亮度及反差等方面的调整，这种调整也是有限度的。完全没有被记录下来的信息，比如过度的高光溢出信息，靠软件是无法真实再现的。前期拍摄不理想的影像，后期在Photoshop里用曲线或者色阶来实现对影像的调整，无疑会对影像质量产生破坏。如果看到近似图2-29显示的梳齿状对话框，表明影像的连续影调已在调整色阶或曲线时被撕裂，且无法挽回。

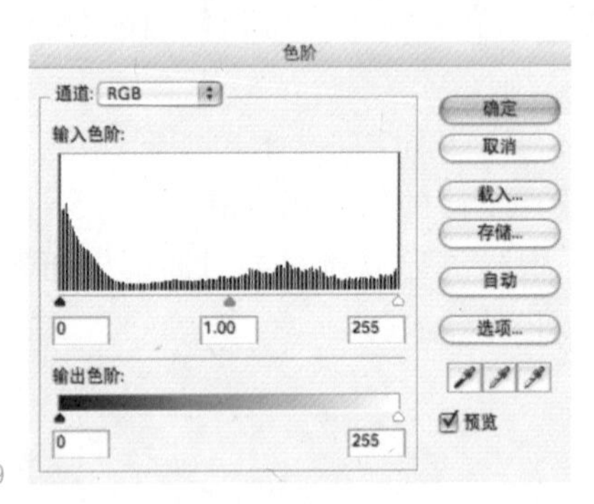

图2-29

因此，无论是以数字手段还是传统胶片进行拍摄，按下快门之前的调整通常是无损失的，按下快门之后再做的调整多数是以牺牲部分质量为前提。由此可见，把希望寄托于运用计算机进行修改和弥补并不是最佳选择。

七、滤光镜

和传统黑白、彩色摄影相关的滤光镜实在太多，到了数字时代，这种情况发生了巨大变化。之前的众多滤光镜效果都被今日的软件功能所代替，甚至最熟悉的UV镜都由于CCD或者CMOS对紫外线不敏感而变得多余。对于数字摄影而言，最值得介绍的滤光镜是偏振镜。

偏振镜的概念在第一章里已有所阐述。在数字摄影中其用途仍是降低景物中的有害反射，控制天空的还原，提高色彩的饱和度。从天空中来的光在与观看太阳的视角垂直时是部分偏振的，利用偏振镜对这部分光加以吸收可以使天空变暗且不影响色彩还原，如图 2–30 所示。由于降低了影响反差的有害反射，色彩的饱和度也随之增加。在有些情况下，我们面对的是多个角度的偏振光同时存在。如在翻拍中，经常需要在光源和镜头前都加上偏振镜以消除来自不同角度的偏振光。理想的偏振镜应该对所有的波长都起同样的作用，因而不会影响色彩还原。

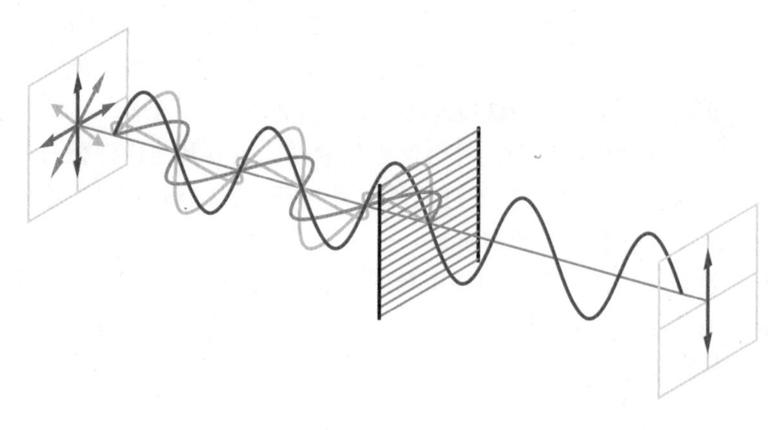

图 2–30

了解了数字相机、熟悉了光线后，就可以立即投入到大量的拍摄实践中去。数字图像可以生动、形象和直观地传递大量的信息，所以时常诱发使用者无节制地“生产”图像。如果想避免在制造海量的图像之后陷入无限的筛选工作之中，首先要学会理智、有节制地揌下快门，控制影像的制造过程。其次，在拍摄完成了数字影像后，要知晓使用什么样的软件对其进行编辑处理。

艺术创作是天马行空、不受任何拘束的。而完成它的手段和技术却实在马虎不得。我们拍摄获得的数字影像，只有经过最佳处理才能展现令人满意的效果，所以熟悉图像处理软件是重要的一环。下面主要介绍对RAW格式数字影像原始文件的编辑及转换处理。

随着数字相机越来越普及，原来很独特的RAW存储格式也得到人们的认同。这种文件没有统一的格式，各大厂家都用各自的软件对其进行转换。早期除了厂家自己提供软件外，很少有其他软件支持这种文件的格式转换，给用户的使用带来不便。逐渐地，拍摄者意识到这种文件格式的好处（它包含了相机感光元件感光的所有细节，给后期加工留下了最大的空间），应用RAW格式拍摄的用户越来越多，成为不可忽视的群体。有需求就有市场，渐渐地，市面上编辑转换RAW文件的软件开始增多，既有数字相机硬件生产厂商的升级版专用软件，也有其他软件公司开发的RAW文件编辑转换处理软件和外挂插件，以满足PC计算机和Mac计算机使用者的需求。

目前除了由于其在硬件市场的占有率较高而被广泛使用的佳能和尼康公司的专用软件外，以下三个专业RAW文件编辑转换处理软件值得介绍：

Adobe公司的Lightroom，如图2—31所示；
Apple公司的Aperture，如图2—32所示；
Phase公司的Capture One，如图2—33所示。

Lightroom和Capture One都有PC、Mac双平台版本，Aperture目前则只提供Mac版本。

图 2—31

图 2—32

图 2—33

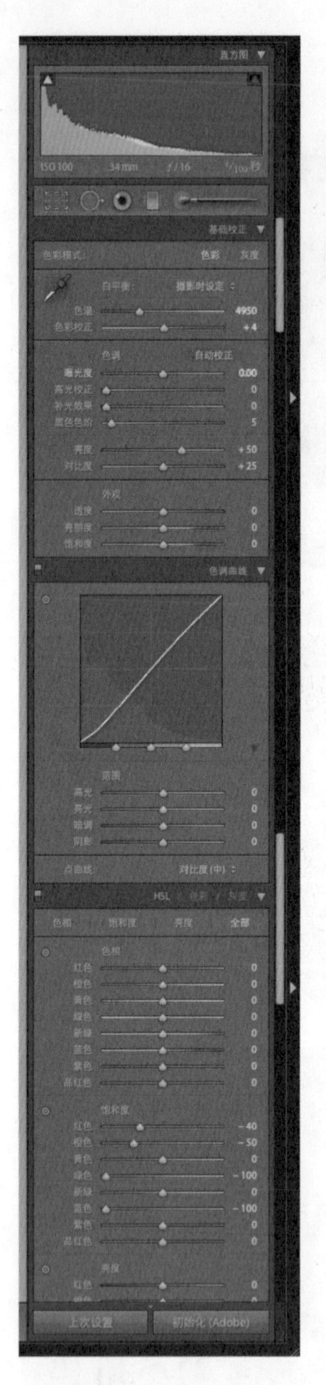
直方图
ISO 100
34 mm
f / 16
基础校正
色彩模式:
色彩
灰度
白平衡:
摄影时设定
色温
4950
色彩校正
+4
色调
自动校正
曝光度
0.00
亮度
+50
对比度
+25
外观
色调曲线
范围
高光
亮光
暗调
阴影
点曲线:
对比度 (中)
HSL
色相
饱和度
亮度
全部
红色
橙色
黄色
绿色
浅绿
蓝色
紫色
品红色
上次设置
初始化 (Adobe)

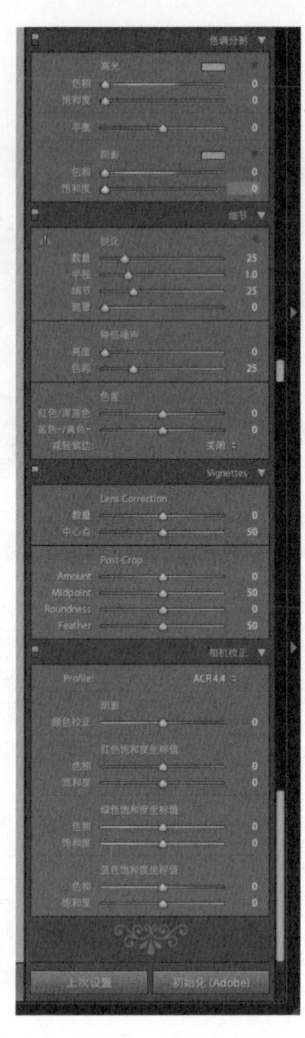
色调分割
高光
色相
饱和度
平衡
阴影
细节
锐化
数量
半径
细节
蒙版
降低噪声
亮度
色彩
色差
Vignettes
Lens Correction
数量
中心点
Post-Crop
Amount
Midpoint
Roundness
Feather
相机校正
Profile:
ACR4.4
阴影
上次设置
初始化 (Adobe)

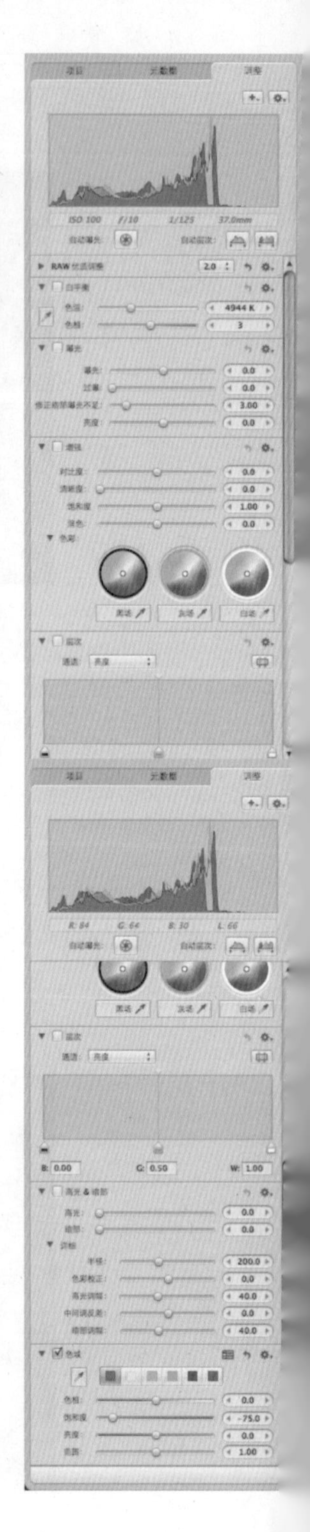
项目
元数据
调整
ISO 100
f/10
1/125
37.0mm
自动曝光:
自动层次:
RAW 微调调整
2.0
白平衡
色温:
4944 K
色调:
3
曝光
0.0
3.00
增强
1.00
色彩
黑场
灰场
白场
层次
通道:
亮度
R: 84
G: 64
B: 30
L: 66
B: 0.00
G: 0.50
W: 1.00
高光 & 暗部
高光:
暗部:
半径:
200.0
40.0
色域
色相:
饱和度
亮度:
范围:
-75.0

图 2-34

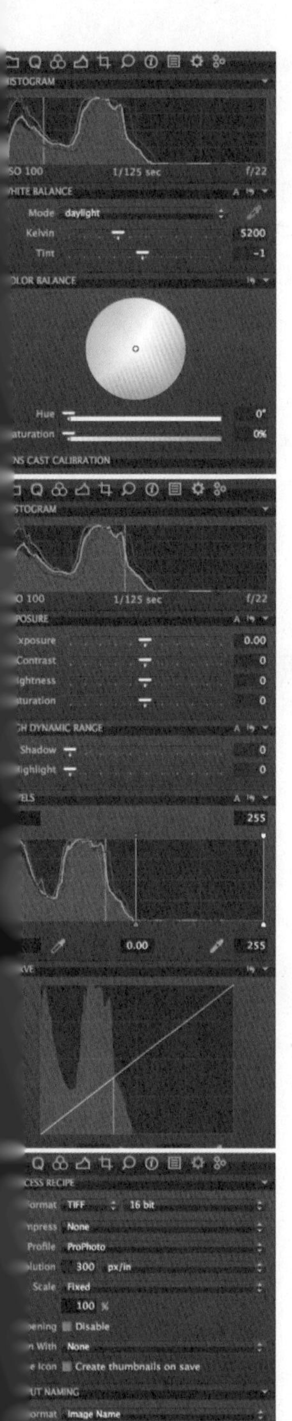

Adobe公司还为其著名的Photoshop软件提供了一个处理RAW文件的插件，使Photoshop也可以处理RAW文件。但笔者认为，Photoshop的强大优势在于其对图像本身的处理方面，而RAW文件的编辑处理还是交给上述专业软件吧，毕竟是术业有专攻。

早期使用RAW格式存储文件会遇到较大不便，不同品牌的数字相机输出的RAW格式不同，必须使用厂家提供的专门软件处理RAW格式文件。在Lightroom、Aperture和Capture One等第三方软件制造商研发的兼容性很强的专业软件越来越成熟的时候，要获得对RAW文件的精细、全面处理已不是难事。

打开上述软件，强大的处理功能在工具面板中显而易见。因为都是专业软件，调整图像的主界面安排得层次分明，同时可以根据个人喜好自定义重新组合界面位置，或者为了工作需要暂时关闭不用的工具面板，以获得最大化的桌面空间，如图2-34所示。

各分项界面的调整工具也设置得非常细致，所有针对RAW文件该有的调整都设计成了滑块或可输入数值等人性化方式。

转换RAW文件的过程，就是从RAW文件的众多参数信息中遴选的过程，从原始信息的各种组合可能性中选择最适合拍摄者个人需求的最终结果。现在用数字相机拍摄，都可以用RAW+JPEG形式同时记录两种文件。如果参数设置一致，且转换近似压缩比的JPEG图像文件，二者差别很小。所以，以RAW的默认值输出，是没有多少意义的，对比其复杂的转换过程还不如用简单易用的JPEG文件。当然，直接采用JPEG拍摄，只能发挥数字相机性能的一部分。与JPEG格式直接记录相比，经过调整的RAW文件输出图像质量有较大改善，但这种改善是以占用更多存储空间、烦琐的后期处理为代价的。所以，拍摄前要权衡一下，根据最终的用途选择合适的文件记录格式。一旦确定用RAW格式拍摄，就要在后期处理时精心调整、设定各种参数，以获得满意的输出结果。

在做转换工作之前，我们要尽可能地熟悉软件的关键工具面板。

区别于Photoshop，通常RAW编辑软件所能进行的参数调整是基于RAW原始信息的，一般在转换成JPEG或TIFF图像前的核心调整主要针对曝光补偿、白平衡（色温）、曲线、色相、色彩饱和度及锐度等方面。下面以Lightroom的编辑界面为例进行说明。

一、曝光补偿调整

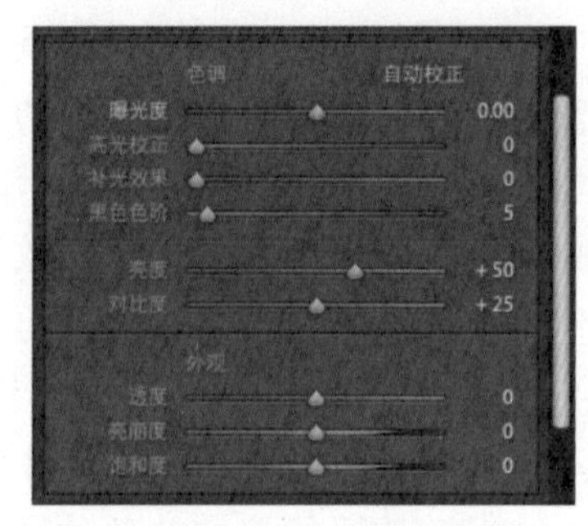

图 2—35

针对曝光的调整主要如图2—35所示。其中，改变整体影像曝光倾向的滑块位于第一行，剩下的则包括针对高光和暗部等的细节调整。如果需要，尽量在RAW转换软件中进行曝光补偿调整，这会比在Photoshop中调整少些噪点和杂色。

Lightroom的曝光调整可以达到正负各4档。虽然软件给出了这么大的调整范围，但正常的调整范围一般不应太大。如果需要在后期做过大的调整，只能说明前期的拍摄部分出现了失误，也许是测光方法有问题，也许是曝光设置错误。

二、色温（白平衡）调整

自然界中的光线并不都是白色光，即光线并不总是由红、绿、蓝三种色光等量混合而成。通常我们将白光的色温定为标准色温。光线中蓝色光成分越多，颜色就越偏蓝，色温就越高。光线中红色光成分越多，颜色就越偏红，色温就越低，如图2－36（浦朗克辐射图）所示。

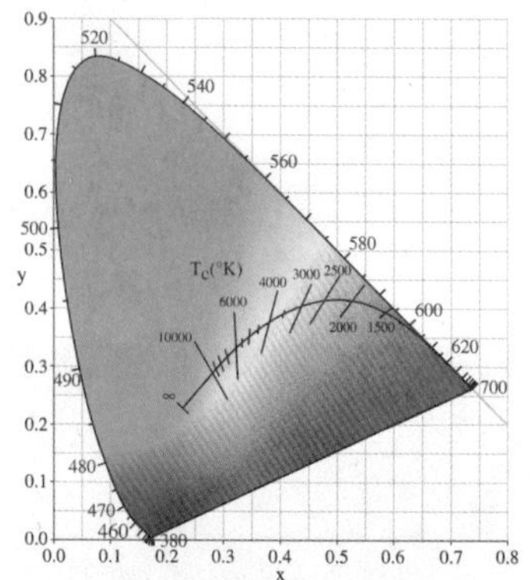

图 2－36

重新定义白平衡，即调整色温，是RAW文件后期调整的重要手段之一，如图2－37所示。尤其是遇到前期拍摄时没有设置或设置错误的白平衡数据，我们可以重新设定自动、日光、阴影、阴天、白炽灯、日光灯和闪光灯等几档粗略的色温调整，还可以直接细致地设定色温值（Lightroom的色温调整最低至2000K，最高至50000K）。我们还可以用软件白平衡工具面板中的“吸管”（见图2－37左侧中间部分）到图像中选择白场或者灰场来校正色温，也可根据创作需要调出任意的色彩倾向。“吸管”是十分简单实用的白平衡调整工具。

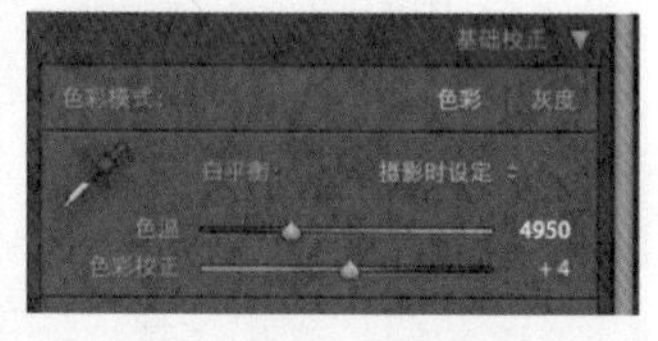

图 2－37

虽然有很多调整环节现在依靠后期影像编辑时拉一拉工具面板的滑块就可以轻松完成，但是拥有足够的摄影知识（比如和传统摄影相关的滤光镜［滤镜］知识），可以令拍摄更便捷顺畅，甚至减轻后期编辑的工作量。

对于传统彩色摄影而言，滤光镜可以消除人眼与记录载体对色彩感受的差异。用于彩色摄影的滤光镜有色彩转换滤镜、彩色补偿滤镜和彩色印片用滤镜等。因为传统彩色摄影材料一般只适用于某一特定色温值（通常为 3200K、3400K 或 5500K），为获得优良的色彩还原，就需要用很多不同颜色的滤镜来解决胶片与光源的匹配问题，避免偏色的产生。大多数滤镜可以从光线中选择性地吸收某种波长，改变波长比例，从而改变色彩平衡。这些工作现在交给软件来完成十分方便，可以不再费尽周折地携带色彩转换滤镜（更多的信息请参考滤镜的详细使用说明）。我们应尽量做到知其然，并知其所以然。

三、曲线控制

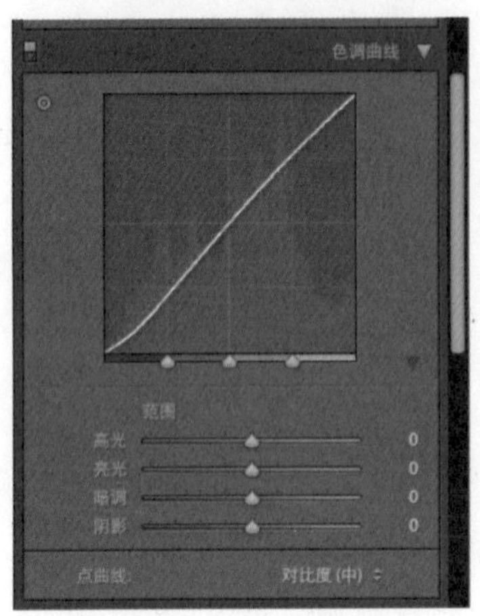

图2-38

如果很好地理解和掌握了传统黑白影像系统，再接触曝光曲线便可以正确理解其代表的具体内容。经常使用Photoshop的用户对Lightroom的曲线控制界面不会感到陌生，如图2-38所示。其使用方法和功能与Photoshop中的相应工具一样。根据需要调整RAW图像的对比度和灰度分布，与曝光补偿配合使用，便可获得最佳的图像调整效果。

四、色相、色彩饱和度调整

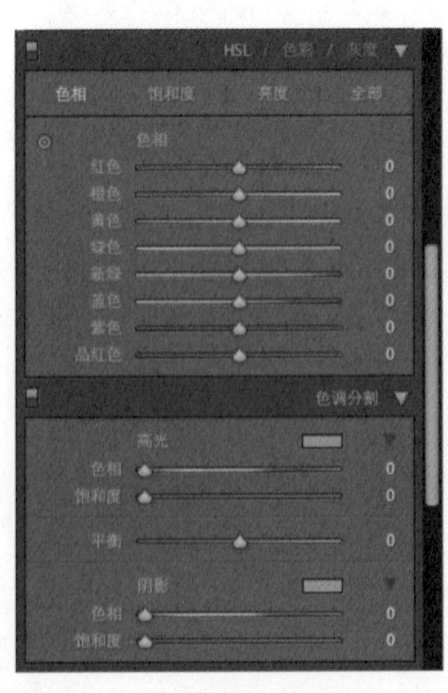

图2-39

数字相机拍摄的原始文件一般看起来会比较“灰”，给后期调整留下了较大的空间，可以根据需要在RAW处理软件中进行色相、色彩饱和度调整。

色相、色彩饱和度及更多的色彩调整工具设置得非常易用且项目详细，只要拉动滑块就可以直观地看到显示结果，如图2-39所示。

五、锐度、降噪调整

和前一项相似，数字相机拍摄的原始RAW文件一般会看起来比较“朴实”，没有很“锐”的视觉呈现，给后期制作留下了较大的调整空间，可以根据需要在RAW处理软件中进行锐度调整，如图2-40所示。同样，降噪也是很实用的功能。

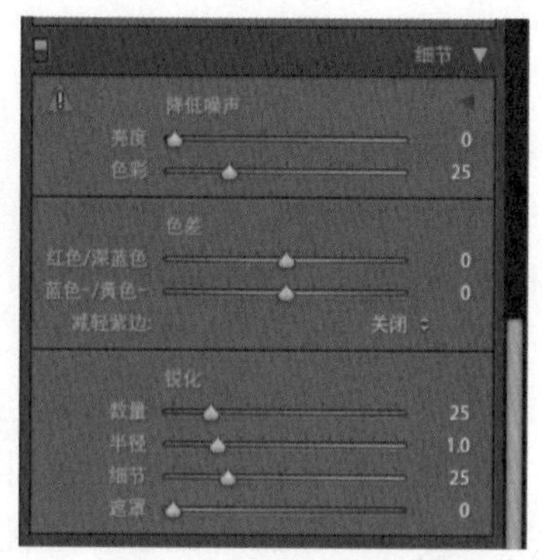

图 2-40

锐度调整是有一定限度的，不要一味地追求极端锐化。锐度调整不是解决图像虚化的万能药，使用三脚架或是调高感光度值拍摄是更值得做的事情。

以上各种参数调整的功能设置几乎都在软件主工作界面的明显位置，不需要费什么力气就可以找到。软件的导入、编辑、导出（处理）及打印，甚至输出至网络的集成化处理方式都做得比较成功。

这里之所以用“导出”的概念而不用“存储”，是因为没有“存储”这个设置。没有“存储”的菜单，也就不会发生误存文件覆盖原始文件的低级错误。导出时可选择的选项通常包括分辨率、TIFF格式、不同压缩比的JPEG格式等等（有关导出文件的色彩管理见下面第五节的相关内容）。

除了文件编辑转换软件，如果想对数字影像进行有质量的编辑处理，肯定要与Photoshop打交道，后者是一个必会必熟的软件。对整体图像或某层或某个区域进行裁剪、复制、粘贴、镜像、旋转、变形等操作是Photoshop的基础功能，同时还有对亮度、颜色等的专业处理。和Photoshop相关的使用教程多如牛毛，在此就不赘述了，想深入学习的创作者可翻看相关书籍或者上网搜索相关资料。

进行图像创作，色彩是基础，有效地控制色彩在数字设备间的转换和传递是管理色彩的关键环节，简单地说就是希望在不同的设备上获得相同的色彩还原。

到了数字化技术和设备普及的今天，获得准确的色彩再现已成为可能。RAW文件的编辑转换处理软件具备对色温和颜色的细致调节功能，数字影像不再像传统胶片那样受物理及化学条件的各种制约，也不会随着时间的流逝而改变。如果对能够进行数字管理的设备，如数字相机、显示器、打印机，都进行色彩空间管理，令彼此之间用相同的色彩语言沟通，就可以实现从输入（拍摄）到显示（编辑）再到输出（印刷打印）的色彩无损失数字化传递全程控制。这个控制的核心是做好“管理”，“管理”的示意图如图2−41所示。

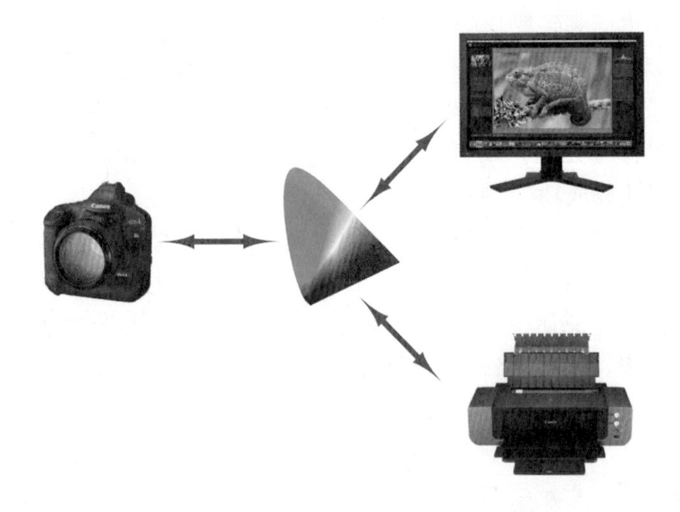

图 2−41

在探讨色彩管理之前，先了解一下ICC文件。

一、和ICC文件相关

要将输入的数字影像文件进行管理，使其成为有“身份”的文件，而不是“流浪者”；要校准显示设备，令管理工作、影像编辑工作在标准的视觉环境下完成，而不是盲人摸象；要管好打印、印刷设备，将所拍摄和编辑的有效信息尽可能准确地还原在纸媒材质上，这些工作的统一语言就是ICC文件。

数字设备间如果没有一个协议来处理文件资料，想准确还原和复制色彩就很难实现。为了在开放的架构中获得独立设备的色彩再现，必须让数据传递定义在共同的交流平台上。这样就需要引入国际色彩协议（ICC，International Color Consortium）的彩色设备配置描述文件（ICC profile）。

ICC文件指的是在标准的色彩管理模式下，将不同设备的色彩属性资料预先保存在色彩描述文件中，嵌入到图像文件里，之后当资料在过渡设备之间转换时，便附加在特定的设备中，最终达成标准的色彩再现。如果我们在数字相机上设置了Adobe RGB色彩空间，就已经使数字影像在输入时嵌入了Adobe RGB色彩空间ICC文件，开始了色彩管理。

ICC文件不能让设备实现它们实现不了的事情。如果一个喷墨打印机根本打印不出我们看到的翠绿的草地，那么ICC文件也无能为力。ICC文件能够准确描述所使用设备的色彩空间，但不能使设备的色彩空间扩大。

通过软件显示，我们可以直观地观察一下多个色彩空间的对比效果。图2-42中，从外圈向内：框架结构为Adobe RGB，中间半透明状为sRGB，内核较小实体为CMYK。

由此可知，屏幕显示时即使获得再好的色彩效果，在转换为打印或印刷品的色彩空间的过程中也会有很大损失。不要奢望印刷品和屏幕显示达到一致。通过色彩管理，只能完成以不同观看目的为标准的不同方式的色彩转换。

通过图2-42，我们还可以注意到一个现象，那就是CMYK色彩空间中有一部分凸出于sRGB色彩空间之外。再次提醒创作

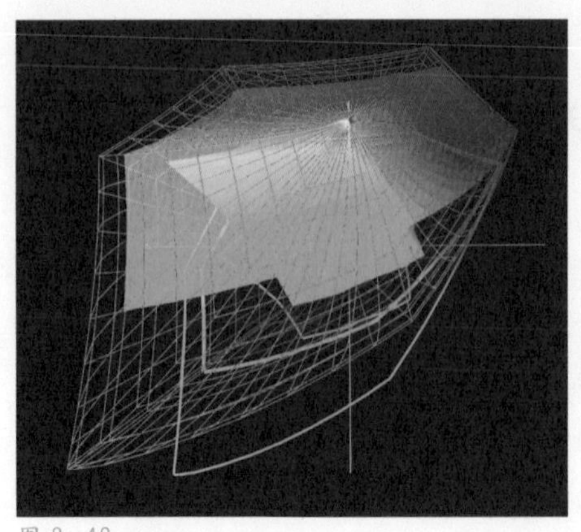

图 2-42

者进行数字影像输入时，要考虑到影像的后期应用，从而决定到底使用何种色彩空间。如果影像成品需要打印或印刷，事先还是应选择Adobe RGB拍摄，以避免用sRGB拍摄造成的“先天不足”。

二、数字文件的色彩设置

前面第四节介绍了Lightroom完成编辑之后有导出的设置，在导出时需要注意与色彩管理相关的细节，如图2-43所示。图像格式可选，如图2-44所示。而对数字影像文件有效的色彩管理正是在导出TIFF、JPEG等文件格式时写入（嵌入）ICC文件的，如图2-45所示。

嵌入了ICC文件的数字影像，在不同的设备之间传递，如果不再加以改写，它会始终在不变的色彩空间下被有效管理。

导出TIFF图时如果以每颜色通道16位的ProPhotoRGB色彩空间完成设置，那么最终的数字影像将拥有最佳的质量，如图2-46所示。

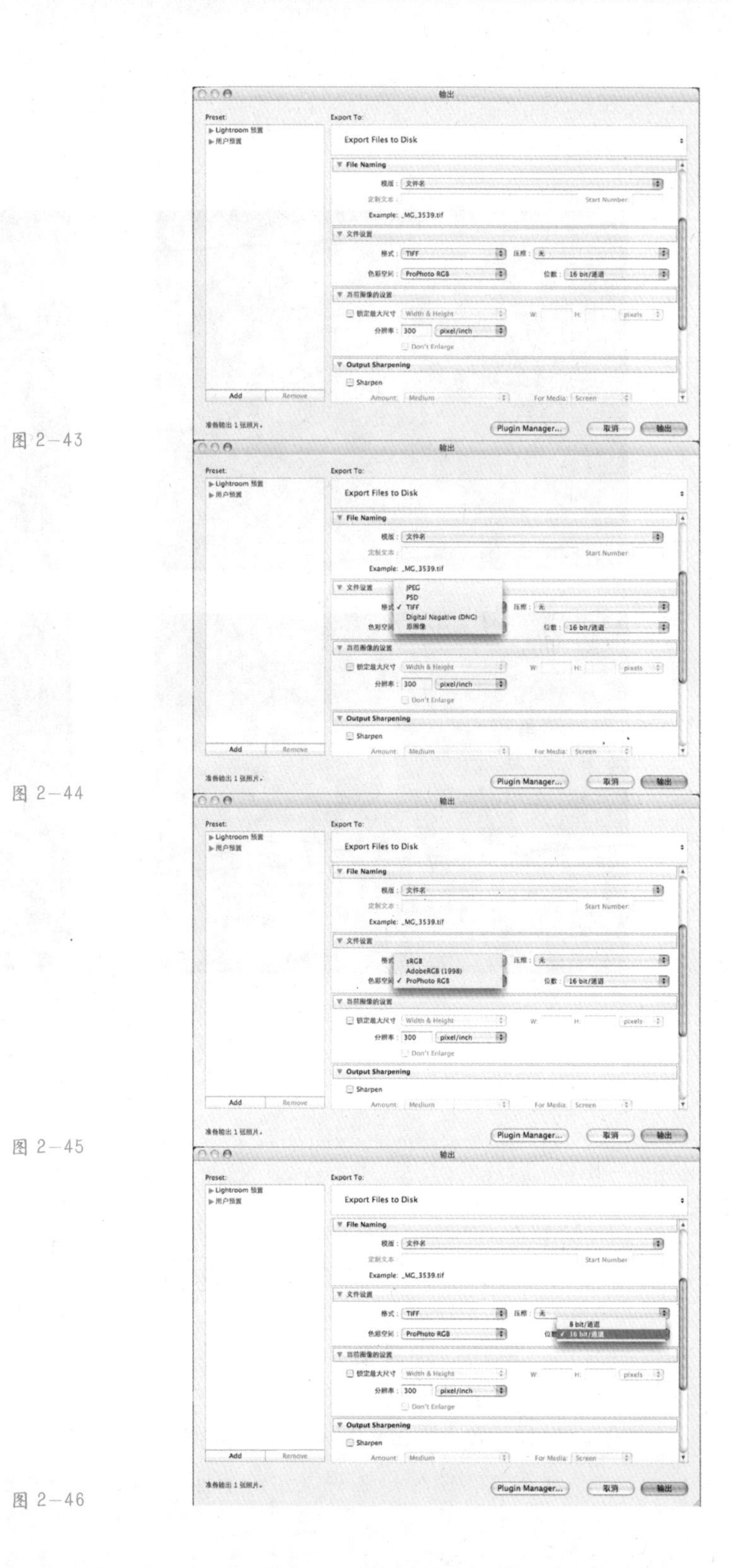

图 2-43

图 2-44

图 2-45

图 2-46

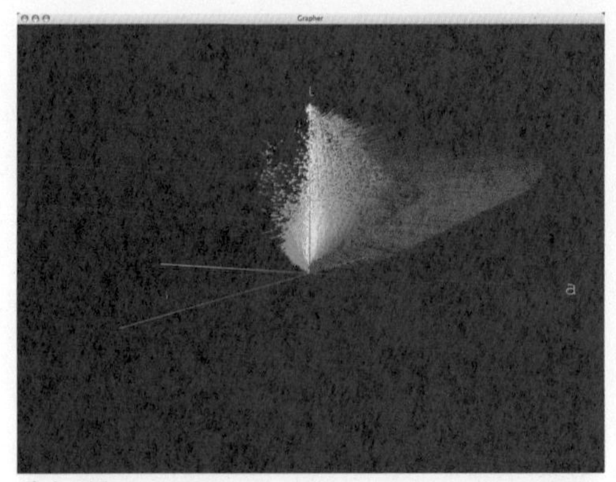

图 2-47

图 2-48

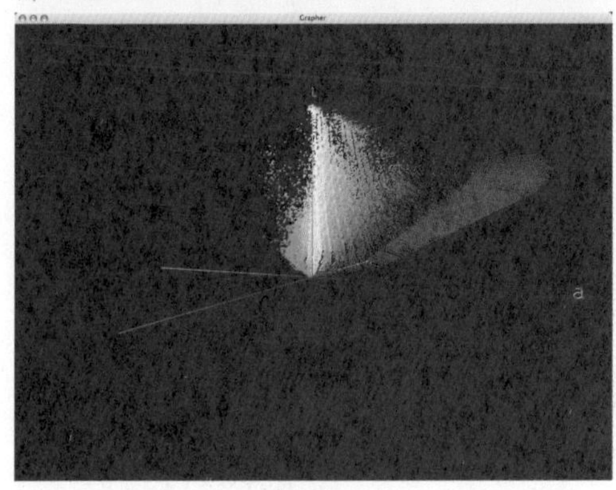

图 2-49

图 2-50

将内嵌RGB色彩空间的ICC文件的数字影像转换至打印设备（CMYK）的色彩空间时，会发生色彩偏移，如图2-47、2-48和2-49、2-50所示。这种偏移由设备的ICC文件决定。图2-47、2-48是将ProPhotoRGB文件转为CMYK文件时发生的色彩偏移情况；图2-49、2-50是将ProPhotoRGB文件转为Adobe RGB文件时发生的色彩偏移情况。从色彩偏移量的对比中我们可以看出，如果最终的数字文件不是用于印刷，那就尽量不要将其转换成CMYK模式，以避免大量损失原始色彩。

既然色彩偏移是客观发生的事实，那么我们能努力做好的就

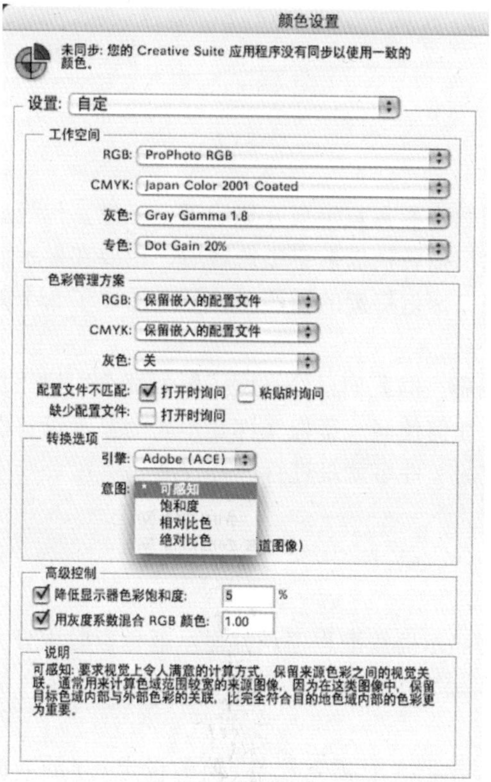

图 2—51

是以正确的方式完成色彩空间的转换。以Photoshop的颜色设置为例，如图2—51所示。在颜色设置的“意图”选项下，可以看到四项选择。选择每项之后都能看到说明框里详细的选项介绍。对于多数情况下的数字影像（区别于设计图等），建议使用“可感知”的转换意图。这种转换可能达不到极端“准确”的色彩转换，但能够以人的视觉习惯为转换参考。

三、显示器

观看和编辑数字影像肯定要在显示器上完成，传统反转片拍摄的影像经专业扫描转换成数字影像之后，也要在显示器上浏览和再编辑。因此，探讨摄影的话题时，显示器成了一个关键的设备。

对设备的色彩空间我们已经有所了解，那么如何让它们有效地协同工作呢？如何使同一影像文件在不同的显示设备上看起来一样？首先要做的一件事就是进行屏幕校准。

（一）显示器校准程序

Mac系统的显示器校准程序调整显示器色彩时十分人性化、视觉化，如图2-52系列所示。只要按照提示进行调整就可以了。

正确管理显示器色彩需要注意γ值的设定，γ的数值高低会定义中间调的亮度。如果设备之间的γ不一致，就不能正确显示色彩。使用显示器校准程序要注意：Mac系统几乎都在使用默认的1.8γ值，这在设计、印刷系统中是事实标准（PC系统一直使用2.2γ值，这是电视屏幕基准值，也是sRGB的定义观察环境）。

我们对显示器所做的调整操作最终会创建一个自定的ColorSync描述文件。Mac计算机自带的操作系统级色彩管理ColorSync，是直观的实用程序，可以和ICC文件配合使用。

用Mac系统的显示器校准程序调整显示器色彩简单实用，但用软件调整会受到使用者主观因素的影响，不是很准确，建议用硬件进行屏幕校准。

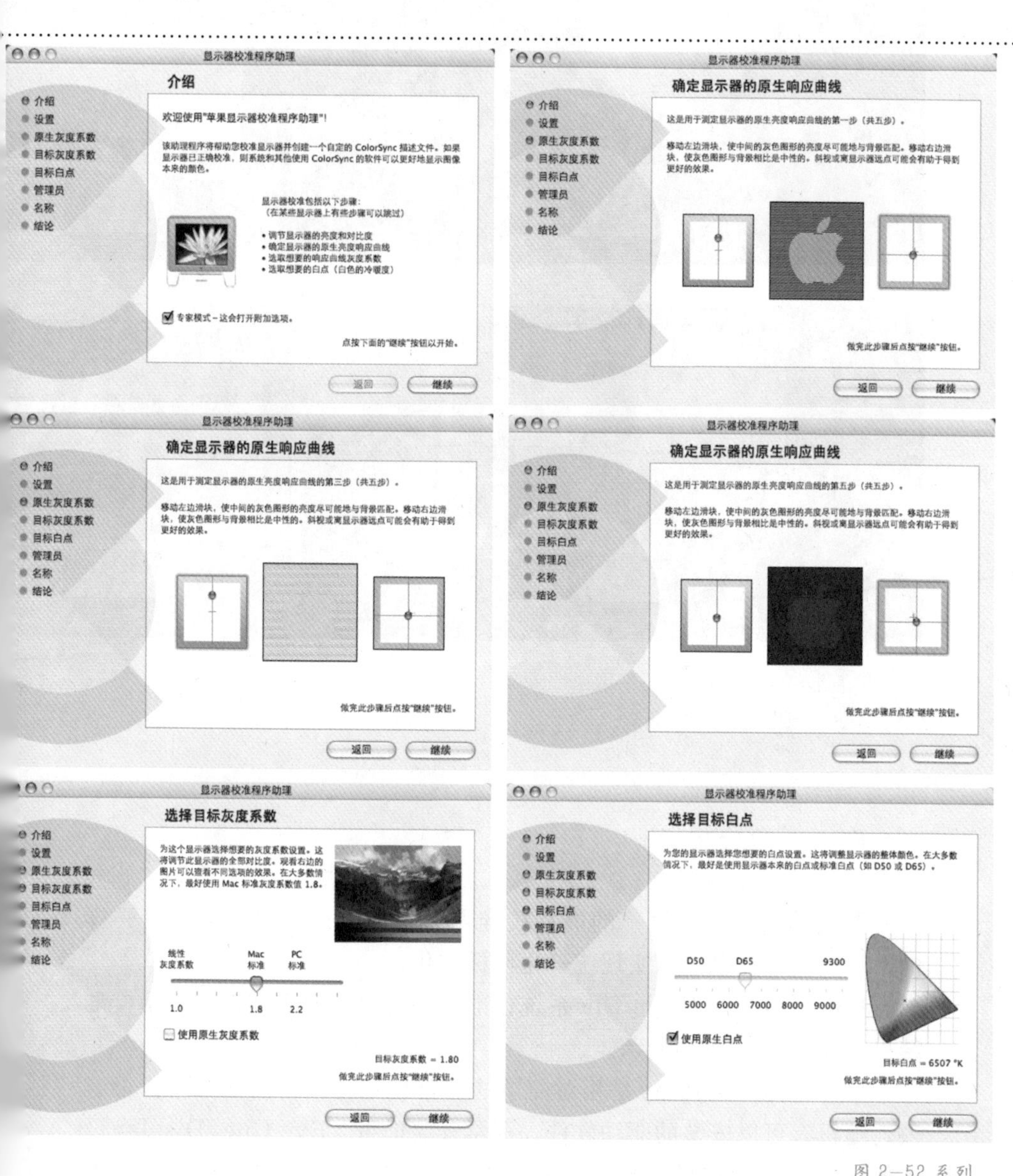
显示器校准程序助理
介绍
介绍
设置
原生灰度系数
目标灰度系数
目标白点
管理员
名称
结论
欢迎使用"苹果显示器校准程序助理"!
该助理程序将帮助您校准显示器并创建一个自定的 ColorSync 描述文件。如果显示器已正确校准，则系统和其他使用 ColorSync 的软件可以更好地显示图像本来的颜色。
显示器校准包括以下步骤:
（在某些显示器上有些步骤可以跳过）
• 调节显示器的亮度和对比度
• 确定显示器的原生亮度响应曲线
• 选取想要的响应曲线灰度系数
• 选取想要的白点（白色的冷暖度）
专家模式 – 这会打开附加选项。
点按下面的"继续"按钮以开始。
返回
继续
显示器校准程序助理
确定显示器的原生响应曲线
这是用于测定显示器的原生亮度响应曲线的第一步（共五步）。
移动左边滑块，使中间的灰色图形的亮度尽可能地与背景匹配。移动右边滑块，使灰色图形与背景相比是中性的。斜视或离显示器远点可能会有助于得到更好的效果。
做完此步骤后点按"继续"按钮。
返回
继续
显示器校准程序助理
确定显示器的原生响应曲线
这是用于测定显示器的原生亮度响应曲线的第三步（共五步）。
移动左边滑块，使中间的灰色图形的亮度尽可能地与背景匹配。移动右边滑块，使灰色图形与背景相比是中性的。斜视或离显示器远点可能会有助于得到更好的效果。
做完此步骤后点按"继续"按钮。
返回
继续
显示器校准程序助理
确定显示器的原生响应曲线
这是用于测定显示器的原生亮度响应曲线的第五步（共五步）。
移动左边滑块，使中间的灰色图形的亮度尽可能地与背景匹配。移动右边滑块，使灰色图形与背景相比是中性的。斜视或离显示器远点可能会有助于得到更好的效果。
做完此步骤后点按"继续"按钮。
返回
继续
显示器校准程序助理
选择目标灰度系数
为这个显示器选择想要的灰度系数设置。这将调节此显示器的全部对比度。观看右边的图片可以查看不同选项的效果。在大多数情况下，最好使用 Mac 标准灰度系数值 1.8。
线性灰度系数
Mac 标准
PC 标准
1.0
1.8
2.2
使用原生灰度系数
目标灰度系数 = 1.80
做完此步骤后点按"继续"按钮。
返回
继续
显示器校准程序助理
选择目标白点
为您的显示器选择您想要的白点设置。这将调整显示器的整体颜色。在大多数情况下，最好是使用显示器本来的白点或标准白点（如 D50 或 D65）。
D50
D65
9300
5000
6000
7000
8000
9000
使用原生白点
目标白点 = 6507 °K
做完此步骤后点按"继续"按钮。
返回
继续

图 2—52 系列

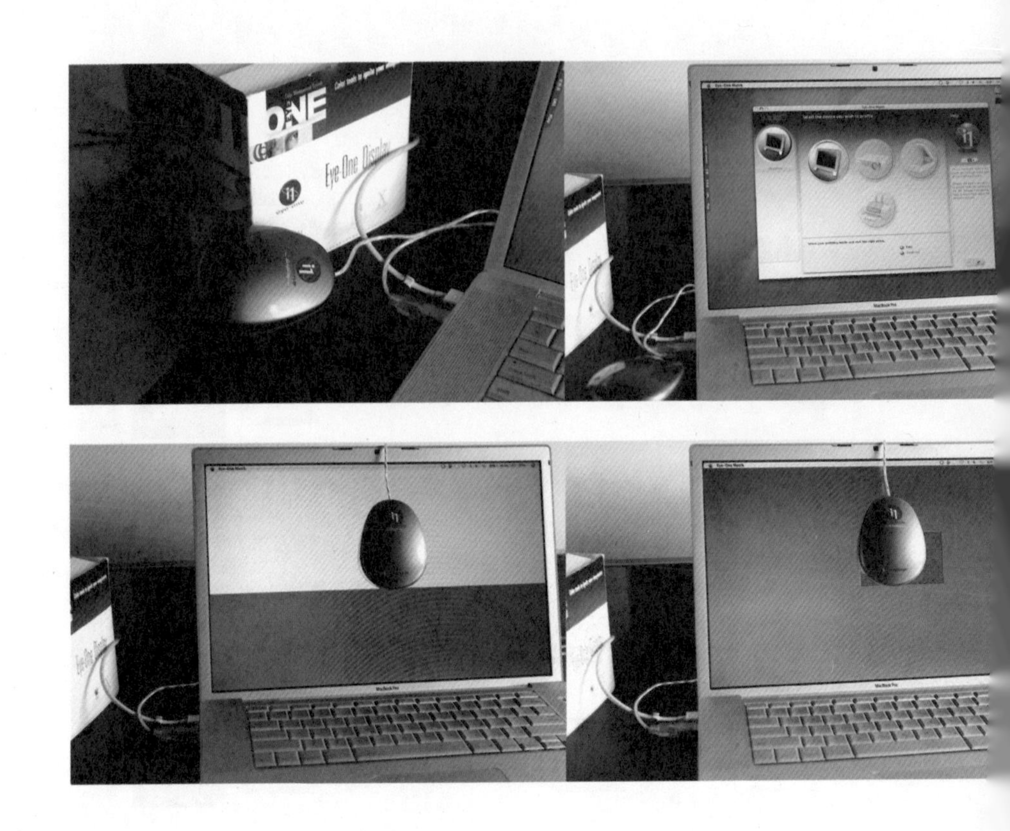

（二）屏幕校准设备

不同的硬件厂家生产的屏幕校准设备不同，但解决的问题是一样的，那就是让屏幕显示实现统一化、标准化。

我们可以尝试用Eye-One系统校准屏幕，以获得更准确的屏幕校准结果，如图2–53系列所示。

Eye-One Display是相对简单的屏幕校准硬件，但很实用、很有效，随机有可以安装的驱动软件，正常安装即可。Eye-One Display设备像一个有USB口的鼠标一样，软件启动之后，只要把连线插入USB口，就可以使用了。按照屏幕的提示，一步一步正确选择相应的选项。

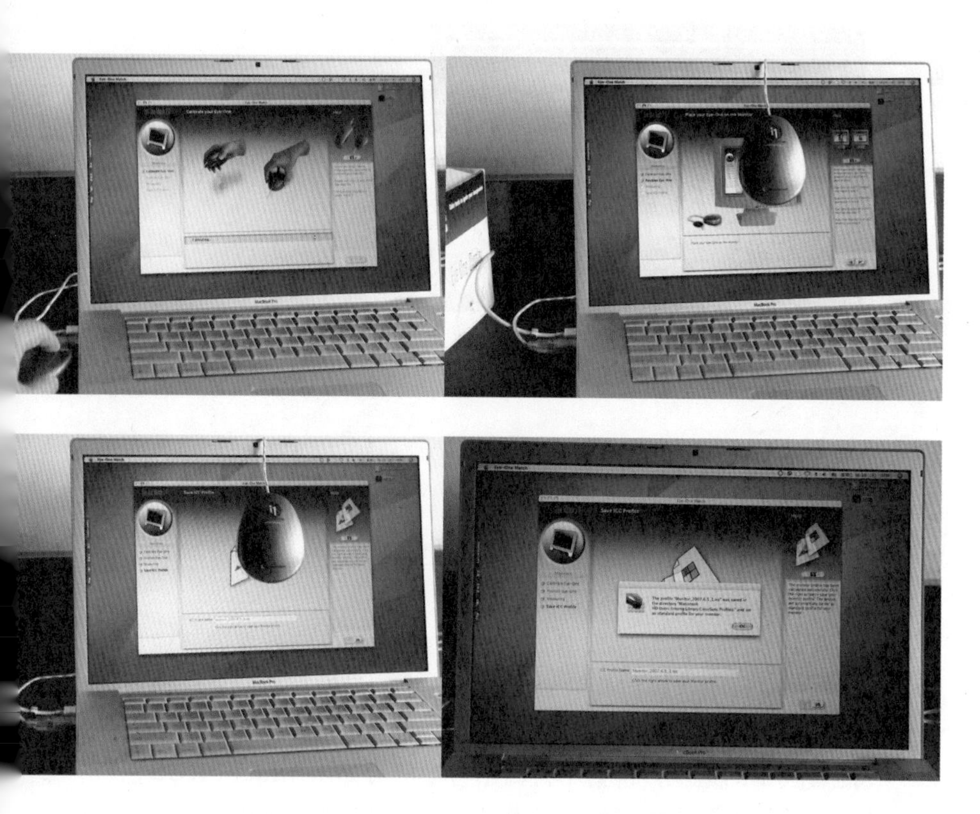

图 2—53 系列

当屏幕有提示时，我们将设备挂在显示器屏幕的前方。继续按照选项操作，软件会自动搜索硬件所在的位置，开始进行屏幕色彩的扫描。

当一切都完成时，软件会自动生成一个*.icc文件。这时的显示器屏幕就是已经在现有的光照条件下校准的色彩管理结果，确保了在屏幕上进行的图像编辑工作有一个色彩还原准确的操作平台。

按照厂家的建议，我们应该一两周就进行一次屏幕校准。如果你是一个对影像品质要求较高的创作者，可以按照这个频率进行屏幕校准。

图 2—54

（三）优质的显示器

近些年，适合摄影人使用的显示器开始逐渐增多。那么，什么是适合摄影人使用的显示器呢?

早期的大多数显示器都是sRGB标准的，能够准确还原显示Adobe RGB色彩空间的显示器并不多，只有少数几家公司曾经出品过能够显示Adobe RGB色彩空间的显示器，且价格昂贵。随着技术的进步，价格不再高不可攀的可显示Adobe RGB色彩空间的显示器逐年增多，以满足摄影、设计领域准确还原数字影像原文件中宽广的真实色彩范围的专业需求。如艺卓ColorEdge CG241W、三星XL20等，能够还原近100%的Adobe RGB色彩空间，这也更方便专业使用者对自己的输入、编辑及输出设备进行色彩管理。图2—54为艺卓ColorEdge CG241W显示器。

四、图像输出

通常，图像输出有两种方式，一是屏幕显示，一是打印输出。

（一）屏幕显示

之所以把屏幕显示当做图像输出模式之一，是基于数字影像的应用模式来考量的。完成对数字图像的编辑之后，有很多传播形态是以显示器为展示终端的，如网络等。因此屏幕显示成为越来越重要的关键设备。

显示器具有双重身份：

1.作为图像输入、编辑、打印输出等整个工作链条中的一环时，屏幕显示的职能如前一节所介绍，主要用于图像编辑过程中正确显示色彩及影调关系，为最终打印做好预览准备；

2.作为图像输入、编辑、网络浏览等整个工作链条中的一环时，屏幕既用于图像编辑过程中正确显示色彩及影调关系，也作为最终的展示载体。

无论数字影像的数据量多么大，多能展现精致的细节，如果将屏幕作为最终展示载体，在现阶段要做的一件事就是尽量优化图像，根据传播设备的具体情况“量体裁衣”，或者根据网络带宽为数字影像“瘦身减肥”。这里涉及的主要是分辨率和存储格式。

分辨率最好不要超过显示设备的最佳分辨率，以满足通常情况下观者的一屏浏览习惯。

目前JPEG格式仍是屏幕显示的静态数字图像全能“通行证”，既可以保留足够的信息量，又可以选择压缩至必要的文件大小。

无论屏幕是作为中间设备还是终端设备存在，如果想发挥其优势，充分用好这个重要的载体，就一定不要忽略前面提到的屏幕校准。在一个没有经过校色的屏幕上工作，千辛万苦地调整图像，实际上做的都是无用功。因为所调整的颜色与希望达到的结果可能背道而驰。如果一个图像在不同的屏幕上得到的是差距甚远的显示结果，那就首先应将这些显示器都尽量调整好，否则编辑处理及终端显示图像便没有可以信赖的工作平台。曝光补偿调整、白平衡调整、曲线调整、色相及色彩饱和度调整都是建立在规范、准确的显示模式下的。

（二）打印输出

打印输出是将数字影像还原为模拟影像形态的过程。

每种色彩输入、输出设备，以及彩色物料（如油墨、显示屏幕染色化学磷等）都有一定的色彩表现能力。印刷品的色彩范围很小，我们能做的就是尽量准确地完成色彩转换工作。

适合不同工作条件下的数字图像输出，主要有不同幅面的彩色喷墨打印输出和彩色激光相纸输出。

如果想要更好地还原影像色彩和影调关系，首先要选择能够实现相纸级打印的彩色喷墨打印机，同时在打印时最好使用相纸级的打印纸。使用普通纸会使图像质量大打折扣，这就好比木桶效应，低质量的打印会把前期所有的努力化为乌有。

彩色喷墨打印适合小幅面输出，如果想获得大幅面结果，可以选择彩色激光相纸输出。它的宽度固定，长度则可根据需要在卷纸的长度上截取。

输出阶段也需要标准的色彩管理。我们可以先使用彩色喷墨打印机打印校准用色卡，然后经仪器读取色卡数据进行校准。经校准的ICC文件可以在打印之前嵌入图像文件，以便预览打印效果。

色彩管理中的色彩转换不提供百分之百相同的色彩，而是令设备提供最理想的色彩，从而让使用者预知结果。因此，通过显示器预览的打印或印刷色彩，只能作为参考。显示器的色域宽广与否，并不影响设备之间的色彩转换，而只影响预览色彩的真实性。

输出阶段的色彩管理对打印纸张、打印墨的要求很高，不是每个使用者都能坚持完成的，在此就不赘述了。如果想获知相关信息，请参阅《色彩管理》[①]的相关章节。

现阶段的大幅面打印工作一般交由打印中心和输出中心来完成，如果将其也纳入色彩管理的范围，不仅工作量巨大，而且不太现实，因此只要将前面谈到的色彩转换工作设置正确即可，剩下的输出阶段的色彩管理交由打印中心实施即可，毕竟他们更了解自己设备的性能指标及ICC文件的转换。

---

①《色彩管理》，〔美〕法瑟（Fraser,B.）等著，刘浩学等译，电子工业出版社2005年版。

五、结论

把准确调整色温、统一γ值、校准设备、正确管理ICC文件、准确转换RGB／CMYK等等都做好，实在不是容易的事情，需要在摸索过程中寻找最佳答案。当然，色彩管理不是万能的（色彩管理的技术还在不断改进和发展），它只强调标准和普遍规律。为了满足摄影艺术创作的需要，我们可以将色彩管理看做色彩技术的保障手段，但不要过分依赖。色彩管理不会使一幅拙劣的影像变得好看，它能实现的是真实还原原始图像的所有优缺点。

虽然将看似复杂的色彩管理知识都融会贯通地应用之后，从事数字摄影工作似乎和以前并没有什么特别不一样的地方，甚至觉察不到色彩管理的存在。但是，我们获得的影像还原会更准确，且获取时更便捷。经过长时间的数字影像拍摄实践后，我们更能体会到色彩管理带来的益处。

出色的艺术创作既需要有技术上的保障，又需要有超群的艺术创意，成熟的数字摄影硬件加上成熟的数字软件技术，再加上卓越的艺术创意，三者完美结合，才能实现优质的摄影数字化个性风格创作。这需要一个从理论到实践、再从实践到理论的转换过程。

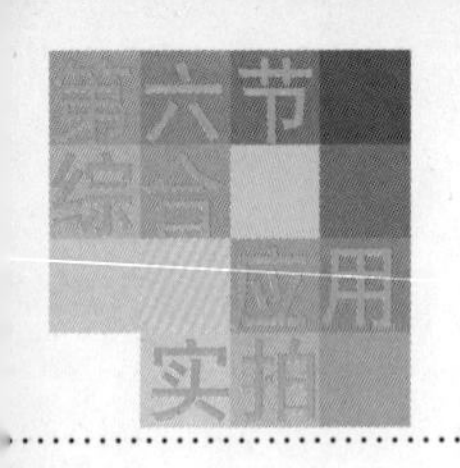

前面我们已经谈了很多技术细节，目的是令摄影的数字化艺术创作能有品质保证。摄影从诞生那刻起，就是一个机械的产物，与物理、化学、数学等领域共同发展进步，今天更是依托数字技术而有了质的飞跃。在未来，当我们回望这段数字技术的发展期时，可能会自嘲今天的稚嫩探索，也可能会对今天的数字技术不以为然。但是，再成熟完美的摄影作品也要与同时期的技术发展同步。对影像创作而言，除了技术支持外，更重要的因素就是不可或缺的创意构思及将其实现的细节保证。

中央美术学院设计学院的摄影教学一直以来都注重理论与实践相结合的教学方式。此章教学更是鼓励学生跨专业地进行多平台的联合实践，以便在拍摄实践中接触和了解最新的相关行业动态。美院学生在视觉图片领域具有很强的创造力，经过相关行业的专业人员的介入，学生们拍摄的作品会更上一层楼。

可以说，此节教学是数字影像的综合深度演练，有了之前对摄影关键知识点的充分理解，在这个阶段将会有如虎添翼之感。

一、作品提交

（一）内容：

数字影像自由命题创作。

色彩提示：

1. 高色彩饱和度影像；
2. 白中白（白色背景的白色主体）影像；
3. 黑中黑（黑色背景的黑色主体）影像。

（二）要求：

1. RAW 格式原始数据拍摄，最终进行标准转换输出。

2. 正确的色彩管理，导出文件时设置正确。
3. 规划合理，拍摄手段完善，色彩还原准确。
4. 艺术与技术充分融合，不限制数字后期技术处理。
5. 作业内容的要求只是拍摄工作的基础，可进行拓展发挥。

（三）尺寸：
8×10 英寸（20×25 厘米）

（四）装裱：
A4

二、创作提示

一幅有着成功技术控制的影像不一定就是一件成功的艺术作品，就像即使再优质的笔墨纸砚，如果不由艺术家使用，也构成不了绝世绘画艺术一样。艺术作品只有注入了创作者的主观审美因素，才能具有长久的生命力。我们不能一味地探索和强调技术美感。

摄影，尤其是走到了今天的数字摄影，已经是很成熟的艺术门类，拥有一片稳固且不断扩大的空间。数字化摄影和当下的各种艺术形式、艺术语言及新媒介融合在一起，你中有我，我中有你，使影像应用的范围不断拓展。

摄影具有记录真实场景的本体属性，但是也不能一概而论。因为相机只是一个工具，而使用者的思想才是摄影背后的价值所在。摄影既能完全真实地反映被摄场景的所有细节，如人物、环境、光线以及我们希望看到的“真实”，也能彻底杜撰一个虚构的现场，只要我们能想到。

许多摄影者并不满足于相机只是焦点清晰、曝光准确地“描绘”自然界的花开花落、日出云起，而是更想用这个原来装胶片的小黑匣

图 2-55，摄影：李谂思
图 2-56，摄影：柳迪

子——今天装着微型计算机的数字成像设备——创造出以视觉展现为渠道的心性之美。从视觉角度来说，自然的形态原本是客观的存在，无美丑可言，并且相机也只是创作工具。视觉创作则需要融入创作者的主观意识和视角，将个人的主观判断介入其中，将被摄场景变成“我”眼中的世界，“我”制造的画面。有了这个介入渠道，我们就可以借用现有的科技手段，创造出无数种方法来整合现实时空。

摄影可以是完全脱离语言描述的艺术形式，而只靠画面“阐述”结果。一幅信息准确的画面胜过千言万语的文字。

摄影创作并不是对自然的模仿，更不是对其他艺术形式的模仿，它和其他艺术形式是共生关系。

除了艺术摄影，翻看当下的时尚杂志，经数字处理的优秀商业摄影作品也比比皆是。拍摄应用类影像的创作者受益于数字化手段的便捷性，几乎完全从传统摄影的拍摄模式转型过渡到数字阵营中。

图 2-57，摄影：宋昱明

培养以影像为艺术语言的优秀艺术工作者和具有较高视觉审美水准的应用影像人材一直是高端摄影教育的教学方向。在影像创作实践中，学生们只有很敏锐地感知当下的文化信息，并对数字影像视觉语言体系有足够的驾御能力，才能最终创作出具有艺术创意质量和影像品质控制的优秀作品。

凭借正在迅猛发展和成熟的数字技术，成为一名具备优秀实战能力的影像创作者现今变得更加便捷和快速。随着摄影理论及实践的普及，尤其是数字摄影发展至今，影像后期编辑的便捷性大大超越了传统摄影时期浩繁的暗房加工处理工作，对以数字摄影手段进行影像创作的人来说有巨大的帮助。因此，创作者的创造空间更大，手段更自如。在进入创作状态之后，一旦有好的创意，就可以随时拍摄、随时检验拍摄结果，并尝试对影像进行编辑处理。积累了足够影像创作经验的学生，会由“量变”发展到“质变”，影像创作领悟力明显提升。

三、现场

在实拍环节，要求学生正确应用之前所学的数字影像及色彩管理知识，拍摄有独特个性的彩色数字摄影作品。即使摄影已经发展到了如今天这般方便，我们仍然需要强调正式拍摄之前必不可少的案头工作。在拍摄前，我们需要相对明确的拍摄文字计划，要勾画草图及灯位图等。

理论学习是实战工作的基础，最终，摄影人都要走入“现场”。尤其是人像摄影，更需要摄影人、化妆造型人员、模特、服装设计师等集体协作完成。所有合作者在团队合作中应互相理解，互相协作，彻底融和，仔细沟通，明确自己所处的环节，使得各自的才华在这个关键时刻实现最大化。

正式拍摄时，摄影者通常会发现原有的预想在发生变化。正所谓计划赶不上变化。确实，无论多么细致的准备工作，也会百密一疏，总有不可预知的事情会发生，摄影者要有随机应变的现场处理能力，随时调整摄影进度和工作方式。

图 2-58 系列

四、作品分析

图 2-59、图 2-60、图 2-61、图 2-62：

以白色为主调的画面，无论是采取传统摄影还是数字影像方式拍摄，始终是个很具挑战性的主体。

生活中的白色很少为标准的“白”，总会或多或少地具有轻微的色彩倾向。最终呈现在观者眼前的“白”，既是一般意义上的“白”，同时又带有暖或冷的色调变化，这种掌控能力既需要以数字影像知识为依托，更需要进行大量的实践。图 2–59 至图 2–62 的作品就是这方面的成功例子。

从系列图中可以看到，当白色被准确还原时，饱和度很高的静物色彩自然会准确地还原。所以我们经常说，要想让最终的影像不产生偏色，首先要将白色进行校正。

图 2–59、摄影：安静

图 2–60、摄影：杨东功

图 2–62、摄影：[illegible]

图 2-63、图 2-64、图 2-65：

创作中经常会遇到人像拍摄，拍摄前要考虑的问题涉及方方面面：服装、发型、技术等等，但创作者应该更多地考虑宏观上的控制。摄影者更像是一个导演。在创作上，为了能够真正表达出自己的情感，要善于把拍摄中一切可利用的因素置于自己的宏观控制之下，而不是被细节所左右，陷入局部中。

图 2-63、图 2-64、图 2-65，摄影：李谂思

当然，情感的表达是通过具体的布光来实现的。所以只要时间允许，就应该尽可能多地获取光线数据，从而准确地营造出所需要的氛围。在图 2-63、2-64 和 2-65 这一系列中，创作者成功地掌控了布光技术，从而使影像品质得到了根本保证。

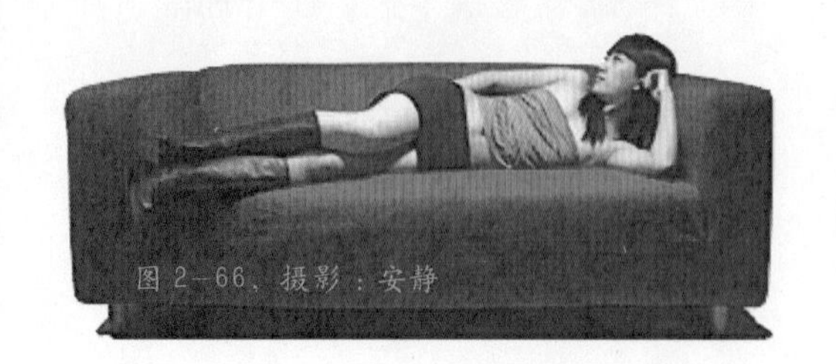

图 2-66、摄影：安静

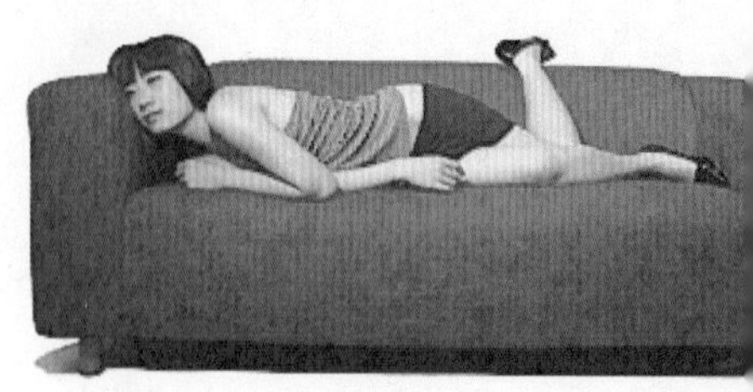

图 2-66：

简洁的数字技术手段，只为实现直观的视觉结果。

图 2-67、图 2-68、图 2-69：

对于高饱和度的影像，首先要正确选择被摄体，之后就是对导出的数字影像进行微调，以实现色彩控制。

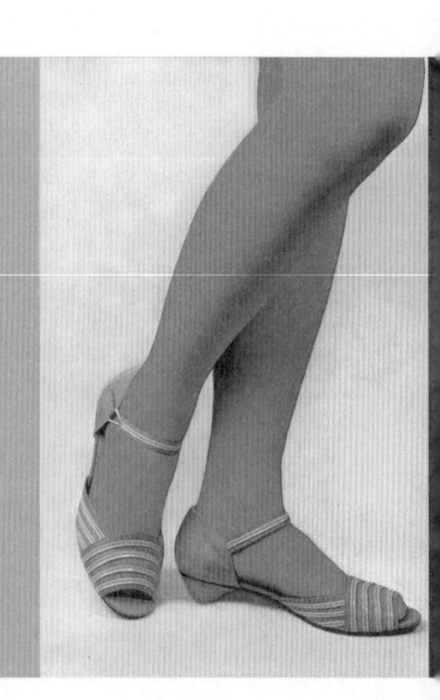

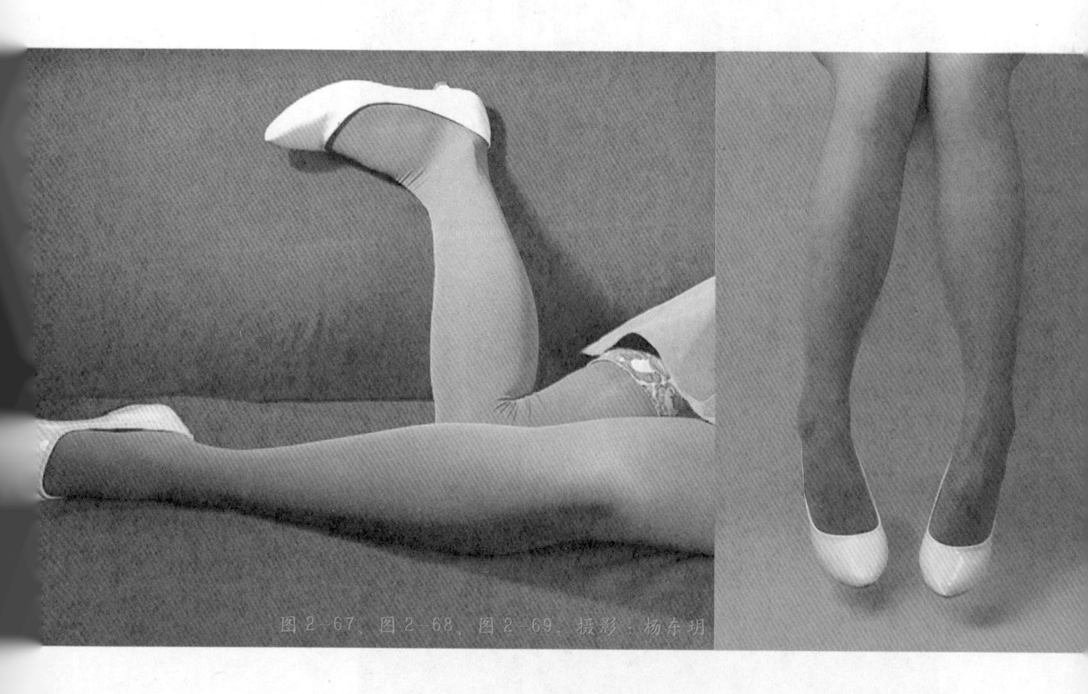

图 2-67、图 2-68、图 2-69，摄影：杨东玥

图 2-70，摄影：姜燕

图 2-72，摄影：姜燕

图 2-70、图 2-71、图 2-72、图 2-73：

摄影者可以不会化妆，但不能不了解化妆。

化妆，是视觉信息的重要构成元素。拍摄不同的被摄者，要考虑采用不同的化妆方法。浓艳的妆和淡如水的妆都有它们不同的应用对象和场合。

图2-71，摄影：姜燕

图2-73，摄影：姜燕

图 2-74 至图 2-78：

色彩体验一直是数字影像教学的核心。创作者将色彩和身体语言结合在一起，是一种有意味的尝试。

简约的具有构成感的画面看起来并不简单，这就是精彩创意的魅力。

图2-74至图2-78，摄影：李浩

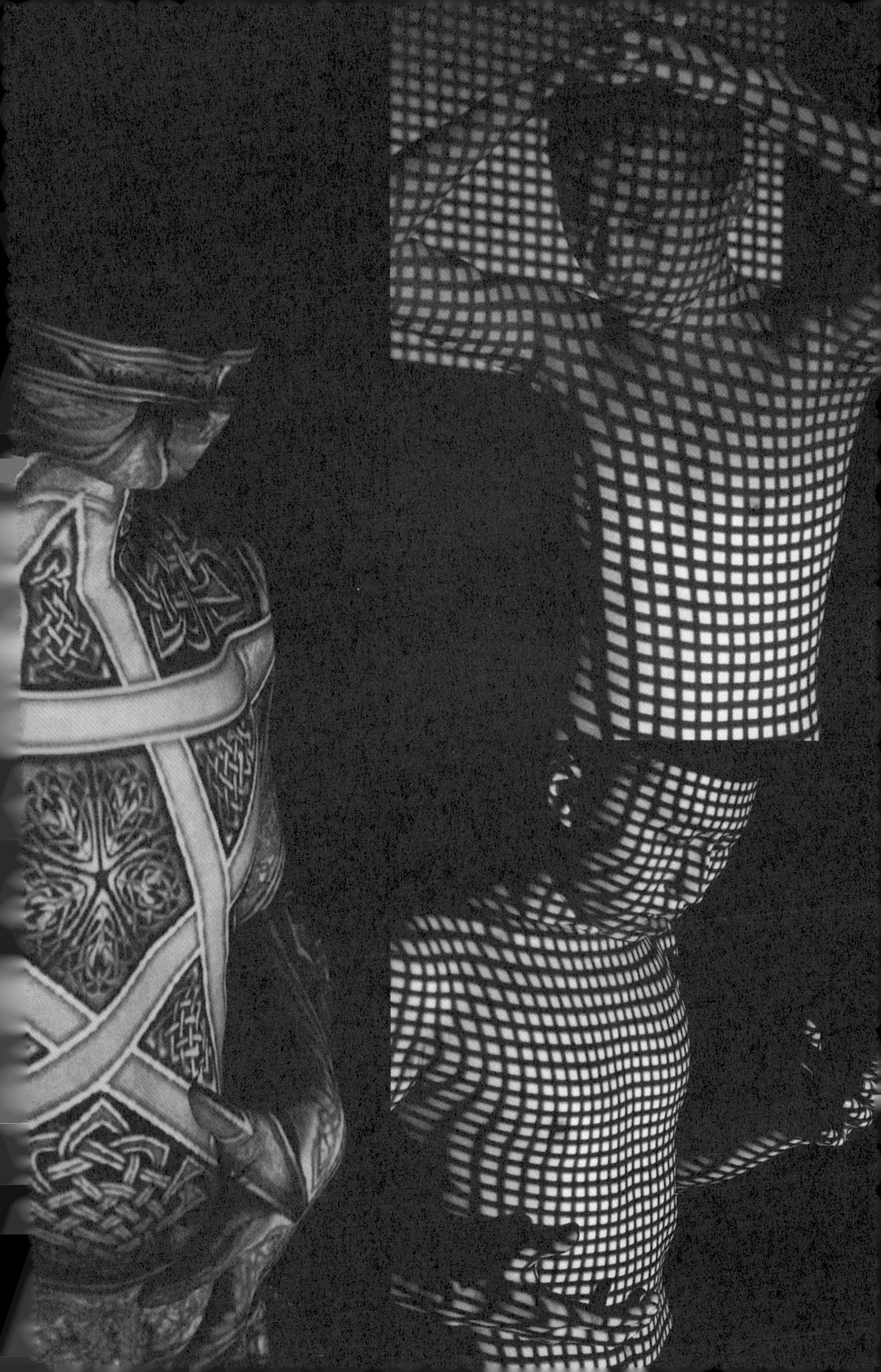

图 2-79

图 2-79、图 2-80、图 2-81 至图 2-85：

创意始终是影像的灵魂。

造型和服装搭配要贴近创作主题，符合被摄者所处的拍摄环境。没有错误的造型和着装，只有充满创意的奇思妙想。

拍摄前，多和服装设计人员沟通，可以得到专业的帮助。

图 2–80，摄影：李谂思

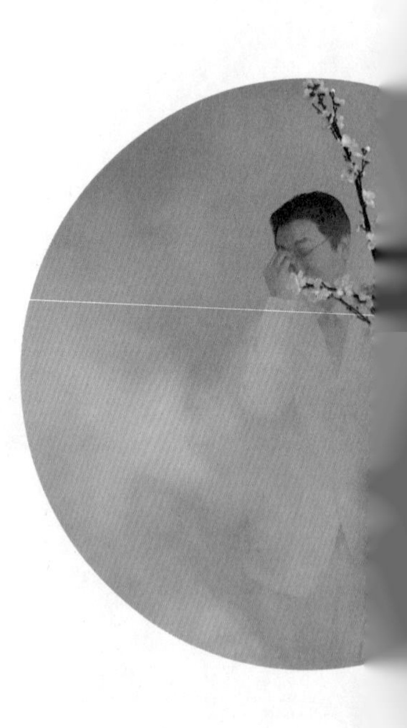

图 2-81 至图 2-85，摄影：李建涛

图 2-86，摄影：申莹莹

图 2-87，摄影：申莹莹

3、摄影：刘爱超

摄影：黄珊珊

图 2-86、图 2-87、图 2-88、图 2-89：

白中白（白色背景的白色主体）或者黑中黑（黑色背景的黑色主体）的影像，无论在传统摄影领域还是在数字摄影领域都是具有挑战的拍摄工作。曝光过度或曝光不足都会使影像细节缺失。

图 2-90、摄影：唐敏智

图 2-91、摄影：唐敏智

图 2-90、图 2-91、图 2-92、图 2-93：

不管是天地皆空的虚化背景，还是复杂到一桌一椅都包括的细腻型生活场景，置景都是拍摄前需要重点规划的环节。环境与被摄者可以在繁简之间形成对比或衬托的关系。除了拍摄者的主观处理，有时化妆造型师或服装设计师也会提出合理化的建议。

光绘的手段强化了此系列影像的神秘感。

图 2-94：

地面上支离破碎的变形金刚全是依靠数字手段实现的。这是一种很有挑战性的数字影像编辑工作，它对创作者的创造功力极具考验。

图 2-94、摄影：薛永林

图 2-92，摄影：唐敏智

图 2-93，摄影：唐敏智

图 2-95，摄影：申莹莹

图 2-96，摄影：申莹莹

图 2-95、图 2-96、图 2-97、图 2-98：

数字影像中数字技术到底占多大比例才是适度的，一直是一个人们争论不休的话题。其实，为了创意的需要，只要不是空洞的形式堆砌就是好画面。

图 2-97

图 2-98，摄影：李洁

附录二：与数字技术相关的软、硬件

相关数字软件

Adobe Photoshop
Adobe InDesign
Adobe Illustrator
Adobe Acrobat
Adobe Lightroom
Apple Aperture
Apple ColorSync
Capture One Pro
Color Think Pro
Eye-One Match
Graphics Converter Pro
Painter
ProfileMaker Pro
……

相关数字硬件

Apple
Canon
EIZO
Epson
Hasselblad
Nikon
Phase
Samsung
Sony
X-rite
……